S

Margit Schreiner
Mütter. Väter. Männer. Klassenkämpfe

Über das Private

Schöffling & Co.

Erste Auflage 2022

Satz: Fotosatz Amann, Memmingen
Druck & Bindung: Pustet, Regensburg
ISBN 978-3-89561-284-8

www.schoeffling.de
www.margitschreiner.com

Mütter. Väter. Männer.
Klassenkämpfe

Ich suchte, das Lieben liebend,
was ich lieben könnte.

Augustinus, *Bekenntnisse*

Der Slogan der 68er-Bewegung »Alles Private ist politisch« schien haargenau zu meiner Situation zu passen. Es fiel mir wie Schuppen von den Augen: Mein Vater hatte meine Mutter geheiratet, damit sie ihm ihre Arbeitskraft zur Reproduktion seiner Arbeitskraft zur Verfügung stellte. Dafür musste mein Vater die Arbeitskraft meiner Mutter erhalten, indem er sie ernährte.

Aber davon später.

Alles wäre leichter gewesen, wenn man die Sache mit der Pubertät auf den Punkt gebracht hätte. Nur dass der Punkt in dieser Angelegenheit entsetzlich peinlich war. Es gab anscheinend keine Worte dafür, die nicht peinlich gewesen wären. Nicht einmal Meyers Lexikon fand sie. Allein das Wort »Geschlechtsreife« ist ja schon eine Zumutung. Grauslich irgendwie. Das Geschlecht, das reift, stellt man sich schnell einmal wie das Hinterteil eines Pavians vor, das knallrot wird und anschwillt. Oder wie überreife Früchte, die vom Baum fallen und am Boden zermatscht vor sich hin gären. Dazu kommen Ausdrücke wie Fortpflanzungsorgane, noch dazu funktionsfähige, Achsel- und Schamhaare.

Deshalb schämen wir uns in dieser Zeit ununterbrochen. Es gibt schließlich nichts Unangenehmeres als zu beobachten, dass andere beobachten, wie unsere sekundären Geschlechtsmerkmale sichtbar werden. Ein Übergriff sondergleichen. Am liebsten würden wir im Boden versinken. Wenn dann noch hinzukommt, dass die sekundären Geschlechtsmerkmale gar nicht so sichtbar werden, wie sie sollten, weil uns beispielsweise, wenn wir weiblich sind, kein Busen wächst, oder wenn wir männlich sind, kein Bart, wird alles noch peinlicher, als es ohnehin schon ist. Da reicht es dann schon aus, versehentlich zu stolpern oder sich öffentlich zu verschlucken, um zu wünschen, man wäre nie geboren worden.

Aufgrund der fatalen Verschleierung der Tatsache, dass die Pubertät auf der Geschlechtsreife beruht, weichen Eltern, Schulen und ähnliche Institutionen, die dafür keine direkten Worte finden, auf die Hormone aus. Auch heute noch. Die Müdigkeit und die Langeweile, die angesichts des herrschenden Gesellschaftssystems jeden vernünftigen Menschen befallen müssen, sobald er nachzudenken beginnt, werden in der Zeit zwischen dem elften und dem achtzehnten Lebensjahr lapidar auf die Hormone zurückgeführt. Ebenso die Weigerung, Sonntagsspaziergänge im Familienkonvoi zu unternehmen. Berechtigte Forderungen werden denunziert als Aggressionen, freie Entscheidungen als Launen, eigene Meinungen als Respektlosigkeiten.

Jedermann glaubt, einem Jugendlichen in dieser Zeit besonders strenge Regeln abverlangen zu müssen. Das Gegenteil ist der Fall. Einen heranwachsenden Menschen sollte man in Ruhe lassen. Er soll so lange schlafen können, wie er will, und wenn er sein Zimmer nicht aufräumen, die Zähne nicht putzen und die Unterhose nicht wechseln will, so sollte man das akzeptieren. Es gibt schließlich wichtigere Dinge im Leben.

Ich möchte mir gar nicht ausmalen, wie lange der Mensch schon gegen seine Natur kämpft. Allein der Entschluss zum aufrechten Gang war eine krasse Fehlentscheidung. Sie hat durch die Länge der Wirbelsäule zwangsläufig zum Verlust aller Würde geführt. Wäre er auf allen vieren geblieben, hätte er diese Fortbewegungsart verfeinern können und müsste nicht, wie die meisten Menschen, die ich auf der Straße sah, mit hängenden Schultern und gekrümmtem Rücken dahinschleichen. Viele Menschen strecken beim Gehen den Bauch und den Kopf nach vorne, so dass sie gegen den Schwerpunkt, den gewichtigsten Mittelpunkt ihres Körpers, ankämpfen müssen und deshalb die Beine, dem Diktat des Bauches folgend, nachziehen, anstatt umgekehrt den ausholenden Schritten der Beine zu folgen, die schließlich von selbst wissen, wo sie hinwollen. Oder sie ziehen den Bauch bewusst ein, was ihrem ganzen Gang eine Steifheit gibt, die geradezu lächerlich ist. Wer den Bauch ein- und die Schultern hochzieht, muss den Oberkörper vorlehnen und den Hintern rausstrecken, um nicht das Gleichgewicht zu verlieren. Er watschelt. Sogar die Kinder, die nach anfänglichen schauderhaften Versuchen endlich unter der Aufsicht überheblicher Erwachsener auf die Beine kommen und zunächst die Vorteile des aufrechten Ganges kennenlernen und wieselflink ihren Beinen folgen, haben die Anmut eines halbwegs natürlichen Ganges spätestens mit der Einschulung verlernt. Springen und Hüpfen sind das Erste, das Kinder verlieren. Was ja kein Wunder ist, weil man ihnen viel zu schwere Schultaschen umhängt, die sie nach hinten ziehen, so dass sie, wenn sie nicht dagegensteuern, unweigerlich auf den Rücken fallen und liegen bleiben würden wie Käfer, die auf dem Boden zappeln. Das Gewicht der mit sinnlosem Zeug vollgestopften Schultaschen erhöht sich aufgrund der vielen Unterrichtsfächer noch einmal im Gymnasium.

Während ich meinen letzten Versuch unternahm, der sogenannten Pubertät und all den Widerwärtigkeiten, die damit verbunden waren, zu entkommen, meckerte meine Mutter den ganzen Tag herum, weil ich – wie ein Baby, sagte sie – auf dem Boden lag oder auf allen Vieren ins Badezimmer kroch. Ich kroch aber nicht, sondern ich schlich. Und zwar auf eine ganz bestimmte Art und Weise, die mich viel Training kostete. Ich hatte eine ungeheure Kraft. Wenn ich ganz langsam schlenderte oder schlich, musste ich diese Kraft im Zaum halten. Viel leichter wäre es naturgemäß für mich gewesen, mit ein paar wenigen kräftigen Sprüngen das Badezimmer zu erreichen, aber das wäre zu einfach gewesen. Es ging darum, ganz bewusst jeden einzelnen Muskel des Körpers zu aktivieren. Dieser, alle Kraft beinhaltende, aber nicht ausspielende Gang begeisterte mich. Meine Mutter nicht. Sie behauptete, ich wischte den Boden mit meiner Kleidung auf und machte mich damit schmutzig, was ein völliger Blödsinn war, weil sie selbst immer sagte, ihre Wohnung sei so sauber, dass man vom Boden essen könne.

Genau das hätte ich gerne versucht. Ich hätte wahnsinnig gerne rohes Fleisch in einem goldenen Napf auf dem Boden serviert bekommen und dann versucht, ob meine Zähne, wenn ich mich sehr bemühte, das Fleisch zerreißen könnten. Eigentlich war ich sicher, dass ich es könnte, aber meine Mutter, der es aufgrund ihrer neuen Diät vor Fleisch besonders grauste, ließ nicht zu, dass ich es probierte. Überhaupt hatten sich meine Eltern eisern mit den sogenannten Professoren des Gymnasiums verbündet und waren entschlossen, dass ich die dortigen Anforderungen erfüllen sollte, statt auf allen vieren durch die Wohnung zu schleichen. Ein ungeheurer Verrat, wenn man bedenkt, dass sie mich einmal lauthals bewundert hatten, als ich krabbeln, gehen, sprechen, lesen und rechnen gelernt hatte. Auf einmal war es nicht mehr ich, die das alles zustande gebracht hatte, sondern es waren irgendwelche verkrümmten Gestalten, die für meine Ausbildung zuständig sein sollten. Sie nannten mein Verhalten »regressiv«. »Sie regrediert, weil sie im Gymnasium überfordert ist«, sagte mein Vater. Ich schlug sofort in seinem Fremdwörterbuch nach. Dort stand: »Regression die (lat.; -en/-en): Rückgang des Meeres und Auftauchen des Festlandes (geolog.) *Rückfall in entwicklungsgeschichtl. oder seelische Frühstadien (biol.).« Selbstverständlich war das Gegenteil der Fall. Kein Kleinkind hat die seelische und körperliche Kraft, den Gang eines Panthers zu imitieren. Und im Gymnasium war ich nicht über-, sondern unterfordert. Ich wurde wieder einmal total missverstanden.

Aber es gab 1964 auch Lichtblicke. Die Winterolympiade fand in Innsbruck statt. Unsere tapferen Soldaten hatten wegen des damals akuten Schneemangels 20 000 Eisblöcke für die Bob- und Rodelbahnen und 40 000 Quadratmeter Schnee für die Pisten herangeschafft. Meine Mutter, eine große Anhängerin des alpinen Schilaufes sowie von Autorennen, Fußballmeisterschaften und Boxkämpfen, fieberte den Schirennen entgegen. Während sie auf unserer schlammfarbenen Couch oder auf dem überdimensionierten kackfarbenen Fernsehsessel saß und die Schirennen verfolgte, hatte ich Zeit für meine ausgefeilte Metamorphose.

Der Maharadscha war weiß gekleidet. Seine Kleidung aus Brokat war über und über mit Brillanten besetzt. Auch auf dem Kopf trug er einen schneeweißen Turban, der in der Mitte, über der Stirn, von einer handtellergroßen Brosche aus Smaragd zusammengehalten wurde, aus der ein Büschel weißer Federn ragte. Wenn er auf seinem juwelenbesetzten goldenen Thron saß, lag ich zu seinen Füßen. Oft schlenderten wir durch die fünfhundertsechs Räume seines Palastes. Jedes Zimmer war mit einer anderen Seidentapete ausgestattet. Wenn uns danach war, lagen wir auf den dicken Teppichen eines goldenen Zimmers, manchmal war uns auch nach Violett. Am meisten liebte der Maharadscha aber die Farbe Lindgrün. Ich zog Pink vor. Manchmal lagen wir eng nebeneinander auf den Teppichen, manchmal legte er auch seinen Kopf auf meinen Bauch. Der Maharadscha liebte mich. Er war der Einzige, der mich streicheln durfte. Er war noch sehr jung, hatte aber schon die Bürde seines Reiches zu tragen. In seinem Land waren überall gefährliche Krisenherde, was ihn jedoch nicht beunruhigte. Er runzelte deshalb noch lange nicht seine Stirn wie mein Vater bei den Nachrichten im Fernsehen. Seine Stirn war immer glatt und freundlich. Er war ein überaus mutiger Mensch und ein furchtloser Kämpfer. Wenn er seine Ratgeber vor dem Thron versammelte, lag ich immer zwischen ihm und den Ratgebern auf meinem rosa Teppich. Ich war jederzeit bereit, die Ratgeber zu zerfleischen, sollten sie meinem Maharadscha widersprechen. Sobald kein Schirennen im Fernsehen übertragen wurde, verhielt sich meine Mutter mir gegenüber total kontraproduktiv. Sie ging so weit, mich mitten in einer Kriegsversammlung zu blamieren, indem sie mich an meine Hausaufgaben erinnerte. Ich hasste diese Frau. Andrerseits musste ich ihren Mut anerkennen, in eine Versammlung von bis zu den Zähnen bewaffneter Krieger zu platzen, die sie jederzeit hätten erdolchen können.

Nachdem ich ihren Fernsehsessel mit großer Mühe zum Thron für meinen Maharadscha umgestaltet hatte – Kissen, Seidentücher, Zierdecken, alles musste sorgfältig drapiert werden, bevor er endlich Platz nehmen konnte –, setzte sie sich während des Slaloms für Damen einfach auf den Maharadscha. Beinahe wäre ich ihr an die Kehle gesprungen. Ich war bereits in den Anschleichmodus gegangen, hatte meine Brust so tief gesenkt, dass der Bauch beinahe den Boden berührte, und alle meine

Muskeln in Schultern, Oberschenkeln, Gesäß und Bauch waren angespannt. Ich sprang nur nicht los, weil der Maharadscha unter meiner Mutter abwinkte. Mit ungeschickten Lakaien gab er sich gemeinhin nicht ab. Während meine Mutter Traudl Hecher mit schrillen Schreien anfeuerte, quetschte er sich unter meiner Mutter hervor, legte seine linke, beringte Hand auf meinen Kopf, und wir schlenderten langsam in mein Kinderzimmer, das diesmal das blaue Zimmer war. Vom blauen Zimmer aus hatten wir einen weiten Blick über den Ganges. Ich sprang auf das Fensterbrett, und wir blickten auf die vorbeifahrenden bunten Boote und prächtigen Schiffe in Drachenform mit goldenen Zacken und die am Ufer dahinziehenden, mit Gewürzen und Seidenstoffen voll beladenen Kamele. Meine Mutter, die uns, nachdem Traudl Hecher nur eine Bronzemedaille im Slalom gewonnen hatte, nachgeschlichen war wie ein falscher Ratgeber, versuchte mich vom Fensterbrett zu meinem Schreibtisch zu zerren. Wieder verlagerte ich mein Gewicht nach vorne, senkte die Schulter und spannte alle Muskeln des Körpers an, bereit zum tödlichen Sprung. Gott sei Dank begann dann das Interview mit Traudl Hecher im Fernsehen, und meine Mutter lief rasch aus meinem Zimmer. Wobei sie ihre Ansicht lautstark verkündete, dass die Zeit der Traudl Hecher vorbei war. »Soll sie das Schifahren doch endlich aufgeben, wenn sie es nicht kann«, schrie sie, und mein Maharadscha zuckte zusammen, weil er so eine vulgäre Ausdrucksweise nicht gewöhnt war. Die Inder sind nämlich wahnsinnig höflich und drücken ihr Missfallen nie auf diese Weise aus. Aber meine Mutter war zu dieser Zeit eben besonders nervös. Zu mir sagte sie dauernd, dass ich ein besonders schwieriges Kind sei. Sicherlich lag es an ihrer neuen Diät. Sie trank den ganzen Tag nur Fruchtsäfte und behauptete, dass mein Vater und ich ihre Diät mit unserer Gefräßigkeit gefährdeten. Aber ein Panther braucht einfach Fleisch. Mein Vater, der in der Verwaltung der Vöest arbeitete, auch. Wenn sie uns zusah, wie wir abends Fleischsalat oder Essigwurst aßen, verzog sie das Gesicht. Das konnte aber meinen Appetit nicht hemmen. Mein Vater seufzte oft und sagte, er verstehe gar nicht, warum meine Mutter unbedingt abnehmen wolle. Du bist doch gar nicht dick, sagte er dann, was aber nicht stimmte. Meine Mutter war so dick wie die verfressenen Ratgeber meines Maharadschas, deren seidene Pluderhosen am Bund ihren riesigen Bauchumfang betonten. So wie die Gummizüge der Faltenröcke, die meine Mutter selbst genäht hatte, ihren Bauchumfang betonten.

Was mir an unserem Palast besonders gefiel, waren die vielen Säulen und Säulchen und dahinter und dazwischen Nischen, in denen man sich verstecken konnte. Der Maharadscha und ich haben viel Zeit in den höhlenartigen Nischen verbracht und den entfernten Klängen seiner zweihundert musizierenden Frauen aus dem Harem gelauscht. In der Höhle unter meinem Bett hatte er mir auch den Ärger mit seinen vielen Erziehern anvertraut. Sein Stolz begehrte dagegen auf, vorgeschrieben zu bekommen, was er zu tun oder zu lassen hatte. Andererseits ließen ihm sein Ehrgefühl und seine Erziehung keine Wahl, als die Rolle zu erfüllen, die er sich nicht selbst ausgesucht hatte. Als meine Mutter eines Tages, während ich mich mit dem Maharadscha über Pflichterfüllung unterhielt, sogar versuchte, mich unter der Couch hervorzuzerren, um mich endlich zur Vernunft zu bringen, worunter sie verstand, mich in die stickige Welt des österreichischen Kleinbürgertums der sechziger Jahre zurückzuholen, wusste ich, dass meine Tage als schwarzer Panther gezählt waren. An dem Nachmittag, als Karl Schranz nur Zweiter hinter Egon Zimmermann in der Abfahrt geworden war, starb ich. Eine der Haremsfrauen war eifersüchtig auf die Liebe des Maharadschas zu mir und vergiftete mich mit verdorbenem Fisch. Als der Maharadscha mich leblos auf meinem rosa Teppich liegen sah, warf er sich über mich und weinte bitterlich. Er schwor, niemals wieder jemanden so zu lieben wie mich, und zerriss seine Kleidung. Den prächtigen Turban schleuderte er quer durch das lindgrüne Zimmer, den Smaragd warf er aus dem Fenster in den Ganges. Mein Vater hätte niemals seine Kleidung zerrissen, und meine Mutter hätte ihren Schmuck auf gar keinen Fall aus dem Fenster geschmissen, wenn ich gestorben wäre. Ich kam zu dem Schluss, dass sie mich nicht liebten. Wenn sie mich nur ein bisschen geliebt hätten, dann hätte mein Vater mich jeden Abend freiwillig ins Bett getragen, und nicht nur, wenn ich mich an ihm festklammerte und ihn nicht mehr losließ.

Und meine Mutter hätte nicht hinterher gemeckert, dass ich zu alt sei, um von meinem Vater ins Bett getragen zu werden. Kaum war er mich los, las er ihr stundenlang aus Stifters *Bunten Steinen* vor.

Nach meinem Tod verfiel der Maharadscha. Er wurde täglich blasser und blasser, auch dünner, fast durchscheinend. Sein Gang wurde schwerfällig. Schließlich starb er vor Kummer. Ich erschrak über die Stärke seiner Liebe. Als meine Mutter von der Siegesfeier für Egon Zimmermann, die im Fernsehen übertragen worden war, zurück in mein Zimmer kam, hatte das prächtige Begräbnis bereits stattgefunden (der schwarze Panther lag im goldenen Grabmal neben dem Maharadscha), und ich saß an meinem Schreibtisch und löste Rechenaufgaben. Später am Nachmittag tat es mir dann sehr leid, dass der Maharadscha und ich tot waren. Ich hätte doch genauso gut das Spiel eine Weile unterbrechen können und nur dann weiterspielen, wenn meine Mutter nicht in Reichweite gewesen wäre. Gerade jetzt, wo die Olympiade in vollem Gange war, hätte sie gar keine Zeit gehabt, sich um mich zu kümmern. Aber es war zu spät. Ich hatte begriffen, dass es nie einen Weg zurück gibt und dass alles, was mir noch bevorstand, jenseits meiner Vorstellungskraft lag. Das Meer hatte regrediert, und das felsige Festland war aufgetaucht.

Ich war harten Zeiten ausgesetzt. Meine Eltern hatten mich nach der Volksschule 1964 ausgerechnet im Wirtschaftskundlichen Realgymnasium angemeldet, mit Handarbeiten und Kochen als Pflichtfächer. Für so etwas muss man geboren sein. Ich war es nicht. Niemand fragte damals seine Kinder, in welche Schule sie gehen wollten. Dazu kam, dass meine Eltern diese lächerliche Schule nicht einmal deshalb gewählt hatten, damit ich später eine tüchtige Hausfrau würde, sondern weil sie der Ansicht waren, im Wirtschaftskundlichen Realgymnasium würde von allen Gymnasien die geringste Anforderung an den Schüler gestellt. Was hieß, dass sie mich für zu blöd hielten, um ein normales Gymnasium zu besuchen. Keine ideale Voraussetzung, um eine gute Schülerin zu werden.

Ich selbst hatte es nach dem Wechsel von der Volksschule endgültig satt, mich unter den unwürdigsten Bedingungen in eine Schule zu schleppen, in der ich Tag für Tag unterschätzt wurde. Niemand von den Lehrern im Gymnasium, die sich jetzt Professoren nannten, kam auf die Idee, dass jemand aus eigenem Antrieb Interesse an irgendeinem Unterrichtsgegenstand haben könnte. Deshalb wurden wir ständig aufgerufen, abgeprüft, mussten Schularbeiten schreiben oder die Tafel löschen. Es war demütigend. Zu Hause war ich, wie erwähnt, mit einer Mutter konfrontiert, die jeden Monat eine neue Diät ausprobierte und deshalb mit ihren Nerven am Ende war. Mein Vater runzelte während der Nachrichten im Fernsehen allabendlich die Stirn und sprach von einem gefährlichen Krisenherd in Vietnam. Da ich zu stolz war, meine Eltern zu fragen, wo Vietnam lag und wieso es ein gefährlicher Krisenherd war, blätterte ich stundenlang erfolglos in *Meyers Lexikon* herum, wo Vietnam nicht einmal erwähnt wurde. Ich war enttäuscht, denn in *Meyers Lexikon* war sogar eine Karte des nördlichen und südlichen Sternenhimmels bis 25 Grad nördlicher beziehungsweise südlicher Deklination abgebildet. Ebenso die Spuren des Kaninchens, des Hasen, der Katze, des Rehs, des Dachses, des Fischotters, des Fuchses, des Marders, des Iltis, des Rot- und Damwilds sowie des Hermelins im Schnee. Auch die Funktionen von Owens sechsarmiger verbesserter Flaschenblasmaschine, der Mauser Selbstladepistole oder die verschiedener Feuerungsanlagen hatten sich mir erst nach dem Selbststudium von *Meyers Lexikon* erschlossen. Unübertroffen waren jedoch die Bildtafeln von Tieren, Bäumen und Blumen in den prächtigsten Farben. Nie werde ich die Entdeckung der Tiefseefische vergessen, die ihr Gebiss außerhalb des Maules haben oder an der Stirn Laternen mit sich herumtragen, damit sie in der absoluten Finsternis der tiefsten Meere etwas sehen. Alles, was ich wusste und bestaunte, hatte ich aus *Meyers Lexikon* gelernt. Und nun erwies es sich zum ersten Mal in meinem Leben als vollkommen unbrauchbar. Meine Frustration war kaum noch zu überbieten. Viel später wurde mir klar, warum. Unsere Ausgabe von *Meyers Lexikon* war 1926 erschienen.

Meine Lage hatte sich, genau wie in meinen finstersten Vorstellungen, mit dem Wechsel von der Volksschule ins Gymnasium nicht verbessert, sondern rundum verschlechtert.

Ich hasste die Professoren im Gymnasium nicht, ich

verachtete sie. Sie alle hatten einmal studiert und verschleuderten nun ihr Leben an uns. Die Biologieprofessorin zum Beispiel hätte nach dem Studium nach Afrika gehen und wie Dian Fossey die Verhaltensweisen der Berggorillas aufzeichnen und ihr Leben im Kampf gegen Wilderer opfern können. Der Geographieprofessor hätte, statt sich mit seiner Solariumsbräune vor uns aufzuspielen, eine neue Theorie des Vulkanismus aufstellen und zu ausbrechenden Vulkanen in aller Welt reisen können. Unsere dicke Turn- und Psychologielehrerin hätte nach dem Sportstudium, als sie sicherlich noch schlank war, für die Turnolympiade trainieren und ihre Fähigkeiten zeigen können, statt später dickliche Schüler zurechtzuweisen, wenn sie kraftlos in der Sprossenwand hingen. Nur für die Deutschprofessorin hätte es keine Alternative gegeben. Für eine Schriftstellerin war sie zu oberflächlich. Wie alle Deutschlehrer, die ich später noch kennenlernte, besuchte sie niemals eine Dichterlesung und las in ihrer Freizeit Krimis. Und was hätte jemand, der Germanistik studiert hat, schon werden können, außer Schriftsteller oder Lehrer? Wenn sie montags zur Klassentür hereinstürmte – sie gab sich gerne dynamisch – und von ihren Erlebnissen am Wochenende erzählte, war das nur peinlich. Offenbar hatte sie, obwohl sie zaundürr und meiner Meinung nach außerordentlich unansehnlich war, einen Mann ergattert – »mein Freund« –, der Motorrad fuhr. Die Frau glaubte tatsächlich, uns damit beeindrucken zu können, dass sie hinter ihrem Freund auf dem Motorrad gesessen hatte und zwischen dem Salzburgring und Hallein durch das Wiestal gebrettert war. Mein einziger Trost war, dass wenigstens meine Freundin Gabi, die schon in der Volksschule neben mir gesessen hatte, auch jetzt wieder neben mir in der Bank saß.

Die Frustration der Lehrer, die darauf bestanden, »Professor« genannt zu werden, zu beobachten, war eigentlich das Abstoßendste an der Schulzeit.

Die Musiklehrerin, eine Frau, die nur Strickkleider trug und uns in der Musikstunde, meistens am Ende des Schultages, an dem jeder Schüler durch den Terror der Professoren bereits an seinem absoluten Limit angelangt war, Mozart oder Bach oder Haydn oder Bruckner auf dem Plattenspieler vorspielte, wobei die meisten von uns vor sich hin dämmerten, verstieg sich zu der Überzeugung, uns durch Anekdoten über ihre Schlamperei daheim sozusagen aufzuwecken. Einen anderen Grund kann ich mir nicht vorstellen, wieso sie uns immer wieder zwischen den Musikstücken von dem Geschirr in ihrer Badewanne erzählte, das sie angeblich nur einmal in der Woche mit der Dusche reinigte, nachdem sie über alles Geschirrspülmittel geleert hatte.

Die kleine Zeichenlehrerin, die sich aufgrund ihrer Piepsstimme nicht durchsetzen konnte – wir hörten sie meist gar nicht, wenn sie etwas sagte –, drohte uns damit, die Klasse zu verlassen, wenn es zu laut wurde. Als ob das jemanden gestört hätte.

Die Chemielehrerin, eine besonders humorlose Person mit dicker Nase und blondem Haarknoten im

Nacken, sprach am liebsten über Körperhygiene. Wenn Prüfungen anstanden, ging es darum, sie geschickt auf ihr Lieblingsthema zu lenken, und sie vergaß jede Prüfung. Man musste nur die Nerven haben, die unappetitliche Schilderung der Folgen mangelnder Unterleibspflege anzuhören.

Die Mathematiklehrerin hatte keine gröberen Macken, bis auf die Tatsache, dass sie eben Mathematik unterrichtete. Ich bin heute noch überzeugt, dass Mathematik mich interessiert hätte, wenn nur irgendjemand imstande gewesen wäre, zu erklären, dass es sich dabei nur um durch logische Definitionen selbst geschaffene abstrakte Strukturen handelt, die mittels der Logik auf ihre Eigenschaften und Muster untersucht werden. Aber die Lehrerin bestand auf der realen Gültigkeit von Zahlen, was natürlich grober Unsinn ist und nur den ausgesprochenen Streber zu größerem Eifer anspornte. Ich hatte bereits in der Volksschule an dem banalen Handel von »Wenn zwei Äpfel je fünfzig Groschen kosten, wie viele Birnen, die jeweils zwanzig Groschen kosten, kann ich dafür eintauschen?« gezweifelt. Auf so primitive Weise ködern sie die Kinder, um ihnen später unverständlichste Gleichungen als objektive Sachverhalte vorzusetzen. Gleichungen sind immer Behauptungen und Lösungen nur bedingt wahr. Wieso hat uns in der Volksschule niemand gesagt, dass der Handel in der Realität nichts als Betrug und, später im Gymnasium, dass alles Abstrakte nur ein Gleichnis ist?

Handarbeiten war mein absolutes Horrorfach, nahm

aber in dem Wirtschaftskundlichen Realgymnasium, das meine Eltern für mich ausgesucht hatten, eine wichtige Rolle ein. Nicht, was die Noten betraf – in dem Fach bekam sowieso jede eine Eins oder Zwei –, sondern was die Zeit betraf. Vier Stunden in der Woche strickten, stickten, häkelten oder nähten wir. Beziehungsweise strickten, stickten, häkelten oder nähten eben nicht, sondern versuchten, Stricken, Sticken, Häkeln oder Nähen vorzutäuschen, um dann daheim unsere Mütter oder Großmütter stricken, sticken, häkeln oder nähen zu lassen. Mir lagen alle vier Handarbeiten gar nicht. Beim Stricken, Sticken und Häkeln verkrampfte ich mich so, dass ich Schweißhände bekam, wodurch die Handarbeiten – meistens in Weiß oder Pastell, wir mussten beispielsweise weiße Kopfkissenbezüge mit weißem Garn besticken, rosarote Waschlappen stricken, hellblaue Eierwärmer häkeln – sich grau verfärbten. Das Nähen war fast noch schlimmer. Mir war die Nähmaschine an sich ein Rätsel. Auf unglaublich komplizierte Weise musste nämlich ein Ober- und ein Unterfaden in die Nadel der Nähmaschine eingeführt werden. Von unten und oben kam dann normalerweise je ein Faden aus einer Spule auf der Nähmaschine und einer Spule unter der Nähmaschine. Bei mir nicht. Versuchte ich, die verschiedenen Wege, die der jeweilige Faden nehmen muss, über Häkchen und Rollen von oben und aus dem Spulbehälter unten, durch die Öffnung neben der Nadel zu ziehen und dann in die Nadel einzufädeln, hakte garantiert irgendetwas, der Faden ließ sich nicht bewegen oder riss sogar ab, oder die beiden Fäden von oben und unten verwickelten sich. Mir wird heute noch ganz schlecht bei der Vorstellung, so eine Nähmaschine nähbereit zu machen. Manchmal kam dann die Handarbeitslehrerin bzw. die Handarbeitsprofessorin und fädelte Ober- und Unterfaden ein. Aber das nützte auch nichts. Das Nähen selbst war nicht einfacher. So eine Nähmaschine rattert los, wenn man sie erst einmal in Bewegung versetzt, und hält sich an keine Vorgaben. Meine Nähte waren schief oder verliefen in irrem Zickzackkurs quer über das Kopfkissen. Ich musste also, über das Wäschestück gebeugt, stundenlang vortäuschen, eine gerade Naht nach der anderen zu nähen, um das Ganze zu Hause meiner Mutter zu übergeben, die in unserem sogenannten Kabinett neuerdings ein Tischchen mit versenkbarer Nähmaschine stehen hatte. Meine Mutter strickte und stickte und häkelte auch alle meine anderen Werkstücke aus den Handarbeitsstunden neu.

Besonders günstig für mich war, dass meine Mutter, ziemlich genau mit meinem Eintritt ins Wirtschaftskundliche Realgymnasium mit dem Schwerpunkt auf Handarbeiten, einen Nähkurs bei Tante Steffi besuchte.

»Jetzt, wo du ins Gymnasium gehst, habe ich Zeit dafür«, sagte meine Mutter und machte sich an die Anschaffung der versenkbaren Nähmaschine. Sie besuchte den Nähkurs alle zwei Wochen an einem Mittwoch um fünf Uhr nachmittags und kam dann erst etwa gegen neun Uhr abends nach Hause. Ich habe mir das so genau gemerkt, weil mein Vater und ich an diesen Abenden unser Abendessen selbst zubereiteten. Anfangs war mein Vater deshalb nicht besonders begeistert von dem Nähkurs meiner Mutter. Aber dann aßen wir am Mittwoch immer Frankfurter Würstel, die meine Mutter selten auftischte, weil sie sie für ungesund hielt. Wir aßen die Frankfurter Würstel mit sehr viel süßem Senf von Mautner Markhof, den meine Mutter ebenfalls für gesundheitsschädlich hielt. Mein Vater trank an diesem Abend statt einem meistens zwei oder drei Flaschen Gösserbier, ich trank Cola, was sonst verboten war.

Lange Zeit wusste ich nicht, wie ich eigentlich mit Tante Steffi verwandt war. Später sollte sich herausstellen, dass ich gar nicht mit ihr verwandt war. Meine Mutter vertraute mir eines Tages an, dass Tante Steffi eine Schwester ihres ersten Mannes war, mit dem sie nur drei Wochen verheiratet gewesen war, bevor er im zweiten Weltkrieg fiel.

Tante Steffi hatte übrigens einen Sohn, Cäsar. Cäsar hieß eigentlich Franz und war Tänzer. Cäsar war sein Künstlername. Ich habe ihn nie kennengelernt, weiß aber von meiner Mutter, dass er im Linzer Landestheater tanzte. Was mir sehr imponierte. Der Nähkurs der Tante Steffi hatte nur vier oder fünf Kursteilnehmer, was meiner Mutter, die sich anfangs mit dem Nähen sehr schwertat, entgegenkam. »Die Steffi bringt mir von der Pike an alles bei«, sagte sie oft nach dem Nähkurs zu meinem Vater, der dann meistens die Stirn runzelte. Der Nähkurs meiner Mutter bei Tante Steffi hatte für mich nur einen entscheidenden Nachteil. Meine Mutter probierte alles frisch Gelernte an mir aus. Das erste Werkstück war eine Schürze. Meine Mutter zeichnete den Plan für die Schürze zuerst mit weißer Schneiderkreide auf dem hellblauen Stoff mit den kleinen roten Rosen ein. Ich musste den Stoff spannen, damit die Schneiderkreide nicht abrutschte. Dann schnitt sie die Teile mit der scharfen Schneiderschere auseinander und heftete sie mit Heftfaden aneinander. Bereits zu dem Zeitpunkt kam es zur ersten von einer langen Reihe von Anproben. Besonders lästig war, dass ich mich während der Anprobe nicht bewegen durfte, weil sonst entweder der Heftfaden riss oder ein Schürzenteil verrutschte, so dass die Teile später im schlechtesten Fall falsch zusammengenäht wurden, womöglich wieder aufgetrennt werden mussten, was wiederum viele neue Anproben, die jeweils ewig dauerten, zur Folge hatte.

Meine Mutter nahm es mit dem Nähen sehr genau. Wenn sie am Boden vor mir kniete, um den Saum abzustecken, kam es ihr auf jeden Millimeter an. Sie maß den Abstand vom Boden mit einem Schneidermaßband, im Mund eine Reihe von Stecknadeln (selbstverständlich mit den Stecknadelköpfen nach innen), die sie dicht an dicht in den Saum steckte, wobei sie die Augen zusammenkniff, um besser sehen zu können. War alles abgemessen und abgesteckt, musste ich mit den vielen Nadeln im Stoff so vorsichtig wie möglich aus den lose zusammengehefteten und mit Stecknadeln zusammengesteckten Teilen des Werkstücks klettern, weil der

Heftfaden sonst gerissen wäre oder ich mich mit den vielen Stecknadeln gestochen hätte. Meine Mutter überwachte alles mit Argusaugen. Sehr lästig. Andrerseits entwickelte sie mit der Zeit eine solche Fertigkeit im Nähen, dass sie alle meine Handarbeitsarbeiten im Wirtschaftskundlichen Gymnasium schließlich vorbildlich erledigte.

Mein Vater besuchte zum Ausgleich wöchentlich einen Turnverein.

Wenn die sogenannten Professoren ihre Frustration während des normalen Unterrichts nicht loswurden, hatten sie immer noch die Prüfungen. In den Hauptfächern in Form von Schularbeiten, in den Nebenfächern in Form von mündlichen Prüfungen. Manche Lehrer kündigten mündliche Prüfungen an, andere nicht. Aber egal, ob angekündigt oder nicht, man wusste in beiden Fällen nie, wann genau man aufgerufen werden würde. Es gab Schüler, denen machte das nichts aus, anscheinend waren sie immer auf dem Laufenden, was den jeweiligen Lernstoff anbelangte, die Mehrheit zitterte, wenn die Lehrer das Büchlein zückten, in das sie die Prüfungsnoten eintrugen. Wie die Schüler, die nicht zitterten, es schafften, immer auf dem Laufenden des jeweiligen Lernstoffes zu sein, war mir ein Rätsel. Am wahrscheinlichsten ist, dass sie auf jegliches Privatleben verzichteten, nur um den ungeheuren Stress zu vermeiden, den es bedeutet, ahnungslos, was den Stoff betrifft, aufgerufen zu werden und, wie zur Hinrichtung, hinaus zum Lehrerpult zu wanken. Mir war nach solchen Schultagen, aufgerufen oder nicht, immer schlecht. Also eigentlich meistens. Irgendwer prüfte immer.

Heute hört man ja ständig im Radio und im Fernsehen, dass man Stress vermeiden soll. Zu viel Stress, heißt es, führe zu Burn-out, Schlaflosigkeit, Depressionen, Krebs. Damals war man anscheinend nicht dieser Meinung. Oder man war auch damals schon dieser Meinung, konnte es sich aber leisten, Jugendliche diesem Stress auszusetzen, weil die Jugendlichen ja nicht unmittelbar darauf an Burn-out, Depressionen oder Krebs erkranken, sondern erst Jahre später, wenn sie die Verursacher ihrer letztendlich tödlichen Krankheiten, also ihre Lehrer, längst vergessen hatten.

Aber so ist die Klassengesellschaft: Die einen (die Lehrer) wiederholen gut bezahlt Jahr für Jahr, was sie in grauer Vorzeit einmal gelernt haben, die anderen (die Schüler) schuften ohne Lohn Tag für Tag unter schlechtesten Bedingungen (zu wenig Pausen, unzureichende Luftzufuhr), bis sie krank werden. Noten sind das Mittel zur Unterdrückung der arbeitenden Schulklasse.

Wenn ich auf mein Privatleben verzichtet hätte, um, was den Lernstoff betrifft, immer auf dem Laufenden zu sein, hätte ich zwar infolge der Stresslosigkeit wahrscheinlich in meinem späteren Leben weder an Schlaflosigkeit noch an Depressionen gelitten, wäre aber womöglich früh dement geworden vor Langeweile.

Als Schüler hatte ich mir dringend eine Seuche gewünscht. Nicht gerade tödlich wie die Pest, aber immerhin so gefährlich, dass man sämtliche Schulen hätte schließen müssen. Ich hätte endlich in Ruhe zu Hause bleiben können, zu vernünftigen Zeiten aufstehen, in bequemen Trainingshosen im Bett liegend Bücher über Molekularforscher, Entdecker der weißen Flecken auf unseren Landkarten, Löser der großen mathematischen Rätsel, Studien über den Zerfall des Römischen Reiches und die Entstehung des Nationalsozialismus lesen können. Oder einfach zeichnen, Musik hören und Literatur lesen, wonach und wann mir zumute gewesen wäre und nicht, was irgendein Stundenplan vorschrieb. Vielleicht hätte ich dann in meiner Schulzeit etwas gelernt und mir nicht hinterher unter viel schlechteren Bedingungen alles selbst aneignen müssen.

Alles, was mir in meinem bisherigen Leben etwas bedeutet hatte, begann sich in meiner Gymnasialzeit aufzulösen. Früher war ich nach der Schule wenigstens in unseren Hinterhof gegangen und hatte mit den anderen Kindern gespielt. Aber unsere Hofgemeinschaft hatte längst zu bröckeln begonnen, nachdem Markus, der seiner Mutter in jeder Hinsicht über den Kopf gewachsen war, in ein Internat nach Waidhofen an der Ybbs, wo immer das sein mochte, geschickt worden war. Basti war angeblich mit seiner Mutter nach Australien ausgewandert, und Irmgard und Jörgi waren mit ihren Eltern nach Dänemark gezogen. Ilse war sowieso bereits seit Jahren nur sporadisch in den Hof gekommen, weil sie so viel lernen musste, und seit einem Jahr besuchte auch ihre Schwester Emma das Gymnasium und hatte keine Zeit mehr. Und nun war auch ich so weit. Manchmal stand ich an unserem Küchenfenster und schaute auf den Hof hinaus, in dem höchstens einmal der dickliche Frank mit seiner Schwester Ball spielte. Ansonsten lag der Hof verödet da. Der Hausmeister hatte begonnen, auf den Wiesenflächen Ziersträucher zu pflanzen, und die Eltern von Markus hatten das Baumhaus und den Sandkasten im oberen Teil des Hofes abgebaut und stattdessen einen luftigen Holzpavillon aufgestellt, so dass man sehen konnte, wie sie mit den Eltern von Ilse und Emma am Wochenende Kaffee tranken. Das Gras war höher als früher, weil es nicht mehr von uns niedergetrampelt wurde, und manchmal wuchsen jetzt sogar Blumen auf der Wiese.

Auch unsere Wohnung hatte sich verändert. Meine Mutter, die immer schon alle paar Jahre die Möbel in der Wohnung umgestellt hatte, hatte sich durchgesetzt und das Kabinett zu einem unbewohnbaren Raum gemacht. Die Längsseite wurde durch eine Wandverbauung aus glänzendem Holz verstellt, und auf die neue eierschalenfarbene, ebenfalls glänzende Ausziehcouch durften wir uns nicht setzen, um sie nicht zu verschmutzen. In meinem Zimmer hatte sich nichts geändert, außer mir selbst. Die gelblichen Tapeten, die früher einmal zu einem goldenen Palastzimmer mutiert waren, blieben einfach nur hässlich gelb. Der von meinem Vater im Keller selbst getischlerte furnierte Schreibtisch aus meiner Volksschulzeit, auf dem ich früher meine Puppen gewickelt hatte, erinnerte mich nur mehr an die Hausaufgaben, die ich noch zu erledigen hatte, und die Ausziehcouch, auf der meine Puppen und ich den Atlantik überquert hatten oder auf dem Amazonas gefahren waren, war plötzlich nur mehr zum Schlafen da. Es war trostlos. Aber es sollte noch schlimmer kommen.

Eines Nachmittags, ich war bereits in der zweiten Klasse des Gymnasiums und hatte gerade versucht, irgendwelche elendslangen chemischen Formeln für die bevorstehende Prüfung auswendig zu lernen, ging ich aufs Klo und stellte fest, dass ich blutete. Im ersten Moment war ich erleichtert. Ich hatte nämlich gedacht, es müsste wer weiß wie wehtun, wenn man die Regel bekam. Meine Freundin Gabi, die in der Schule neben mir saß, hatte am ersten Tag ihrer ersten Regel zu Hause im Bett bleiben müssen, weil sie dermaßen Bauchweh gehabt hatte, dass sie fast in Ohnmacht gefallen wäre. Im zweiten Moment bekam ich Panik. Meine Mutter durfte keinesfalls erfahren, dass ich blutete. Sie hatte ohnedies schon seit längerem öfter gefragt, ob es mir gutgehe, ob ich Bauchweh hätte oder unglücklich sei. Dabei hatte sie stets widersinnigerweise gelächelt. Ich spürte, dass sie ganz wild darauf war, mich mit den Worten »Jetzt bist du eine Frau« in die Arme zu schließen. Das wollte ich unbedingt vermeiden. Also stopfte ich mir eine Menge Klopapier in die Unterhose und kehrte zu den elendslangen chemischen Formeln zurück. Bereits nach kürzester Zeit wurde meine Hose feucht und auf dem Schreibtischstuhl war ein roter Fleck. Ich schämte mich furchtbar. Als ich aufstand, spürte ich, dass ein ganzer Schwall Blut in meiner Hose landete. Meine Lage war hoffnungslos. Ich konnte in dem Zustand weder das Haus verlassen noch am Schreibtisch sitzen bleiben, also watschelte ich breitbeinig noch einmal zur Toilette. Meine Mutter, die gerade in der Küche damit beschäftigt war, einen Guglhupf herzustellen, lugte ums Eck, stürmte dann auf mich zu und schloss mich mit den Worten »Jetzt bist du eine Frau« in die Arme. Danach kam es noch schrecklicher, als ich es mir vorgestellt hatte. Sie kramte im Badezimmer eine Art Halterung aus Leinen hervor, die sie »Leibgürtel« nannte. Mich erinnerte es am ehesten an ein Zaumzeug für Pferde. Ich war ratlos. Meine Mutter nicht. Sie erklärte mir, wie man den Gürtel anlegte und dass man dann in die breite Unterseite Wattebauschen stopfte. Beinahe hätte sie ihn mir noch selbst angelegt. Ich übertreibe nicht, wenn ich sage, dass das Erlebnis für mich traumatisch war. Ich schloss mich in mein Zimmer ein, legte den ekelhaften Leibgürtel an und lernte so viele chemische Formeln auswendig, dass ich bei der nächsten Prüfung in Chemie ein »Sehr gut« bekam. Danach bekam ich die Regel fünf Jahre lang gar nicht mehr.

Zu dieser ganzen trostlosen Situation kam hinzu, dass ich plötzlich eine Halbschwester hatte. Das heißt, ich hatte auch schon früher eine Halbschwester gehabt, aber sie hatte für mich keine Rolle gespielt, weil sie mit ihrer Mutter, der ersten Frau meines Vaters, einer Tschechin, hinter dem Eisernen Vorhang gelebt hatte und mein Vater, der aus Böhmen stammte, nach der Scheidung von seiner ersten Frau 1943 nach Linz gezogen war. Im Winter 1964 hatte sich meine Halbschwester, die als Dolmetscherin einer tschechischen Ballettgruppe durch Österreich und Deutschland reiste, abgesetzt und war plötzlich mit zwei großen Koffern bei uns in Linz aufgetaucht. Sie war elf Jahre älter als ich, hatte rot geschminkte Lippen, trug einen rotbraunen Pelzmantel mit passender Pelzmütze und hieß Vera. Ich war sehr beeindruckt. Meine Mutter nicht. Vera wurde in dem sonst unbenutzten Kabinett einquartiert. Dort kam es zu stundenlangen Diskussionen meines Vaters, meiner Mutter und meiner Halbschwester hinter verschlossener Tür. Meine Mutter schloss sich anschließend oft auch noch endlos lange im Badezimmer ein. Schließlich schienen die Erwachsenen übereingekommen zu sein, dass mein Vater versuchen würde, Vera eine Stellung als Dolmetscherin bei den Vereinigten Österreichischen Eisen- und Stahlwerken zu besorgen und eine Vöest-Wohnung in der Eisenwerkstraße. Da die Vöest geschäftliche Verbindungen zum sogenannten Ostblock hatte und kein normaler Österreicher damals Tschechisch oder Russisch sprach, wurde Vera nach kürzester Zeit tatsächlich als Dolmetscherin für Tschechisch und Russisch eingestellt. Eines Tages zog sie mit ihren zwei großen Koffern wieder aus. Ich fand das einerseits schade, weil die Aufmerksamkeit meiner Eltern durch die Anwesenheit meiner Halbschwester derart von mir abgezogen gewesen war, dass sie nicht einmal bemerkten, wenn ich den dunkelroten Lippenstift Veras ausprobierte, andererseits war es natürlich lästig gewesen, dass das Badezimmer ständig von meiner heulenden Mutter besetzt war. Vera war im tschechischen Sozialismus aufgewachsen, Atheistin, Realistin und immer nervös. Meine Mutter war auch nervös, aber Katholikin und Romantikerin. Das konnte nicht gutgehen. Irgendwann, im Frühjahr darauf, kündigte Vera bei der Vöest wieder und zog nach München, wo sie eine Anstellung als Tschechisch- und Russischlehrerin an einer Fachhochschule gefunden hatte. Dort lernte sie auch meinen zukünftigen Schwager, einen Architekten, kennen.

In der Geschichtsstunde, in der wir gerade die Völkerwanderung abhandelten, wurde ich mit meiner Frage nach der Entstehung der Tschechoslowakei auf die Oberstufe verwiesen. Aber auch in der Oberstufe erfuhr ich später nichts, weder über den Zweiten Weltkrieg noch über die Tschechoslowakei noch über den gesamten sogenannten Ostblock. Wir begannen auch in der Oberstufe wieder ganz neu mit der Völkerwanderung. Unsere Geschichtsprofessorin liebte es, Schlachten auf der Tafel aufzuzeichnen, die hauptsächlich aus Pfeilen bestanden, die die Bewegung der kämpfenden Parteien gegeneinander darstellen sollten. In der Unterstufe waren die Hunnen offenbar der Schrecken unserer Geschichtsprofessorin, versinnbildlicht mit so großen, dicken Pfeilen, dass ab und zu sogar die Kreide abbrach, für die verweichlichten Römer hingegen hatte sie nur

Verachtung übrig, es waren kaum sichtbare Pfeilchen auf ihrem Schlachtplan, während ihre Sympathie offenbar den Germanen galt, versinnbildlicht mit deutlich sichtbaren, energisch, aber nicht übertrieben ausgeführten Pfeilen. So ähnlich wie auf Wetterkarten starke Hoch- oder Tiefdruckströmungen eingezeichnet werden. Merkwürdigerweise änderte sich ihre Sympathie offenbar in der Oberstufe, als sie plötzlich den Untergang des Römischen Reiches bedauerte und auf die unzureichende Grenzsicherung der Römer zurückführte. Als ob sie im Nachhinein das Römische Reich retten wollte, warnte sie uns eindringlich vor Völkerwanderungen, die, nicht kontrolliert, den mit Fleiß erarbeiteten Wohlstand zivilisierter Völker zerstörten. Auf der Tafel zeichnete sie nun Kreise, auf die von allen Seiten Pfeile einwirkten. Es war alles schon sehr verwirrend.

Besonders ich selbst. Warum hatte ich während der Chemieprüfung »Orgasmus« statt »Organismus« gesagt? Und ich hatte es selbst nicht einmal bemerkt. Erst als die meisten in der Klasse lachten, fiel es mir auf. Und das Allerpeinlichste war, dass es mir noch drei weitere Male passierte. Ich sagte während der Chemieprüfung bei der strengen, völlig humorlosen Chemieprofessorin mit der dicken Nase und dem blonden Haarknoten im Nacken drei Mal hintereinander »Orgasmus« statt »Organismus«. Niemand in der Klasse konnte sich vorstellen, dass ich es nicht absichtlich tat. So war es aber. Ich konnte einfach nicht anders als »Orgasmus« sagen, wenn Organismus gemeint war. Obwohl ich das Wort verabscheute. Der Ausdruck »Orgasmus« lässt sich ja nicht einmal in eine Tätigkeitsform verwandeln. Das Einzige, das er bewirkte war, dass ich sofort an Orgien dachte, was dann noch peinlicher war.

Nur Gabi hatte nicht gelacht. Nachdem ich mich nach den schrecklichen Versprechern während der Chemieprüfung erschöpft in die Schulbank hatte sinken lassen, drückte sie mir unter dem Tisch die Hand. Später, als ich sie fragte, ob sie vorstellen könnte, selbst die beiden Wörter zu verwechseln, sagte sie, jeder könne sich einmal versprechen. Ich hatte mich aber dreimal versprochen!

So etwas wirkt lange Zeit nach. Eine Lesung zum Beispiel ist, abgesehen von der Tatsache, dass der Schriftsteller wesentlich von den Einnahmen der Lesungen lebt, ja immer auch eine Prüfung. Liest man zu schnell oder zu langsam, zu betont oder zu unbetont? Verliest man sich am Ende peinlicherweise dauernd? Wie reagiert das Publikum? Hält es das Gleichgewicht zwischen dem Text und den eigenen Gedanken, oder schweift es ab? Ist es aufmerksam, oder döst es langsam ein? Ist ja alles auch kulturell bedingt. Es soll Geschichtenerzähler bei den Inuits geben, deren Ziel es ist, die Zuhörer in den vier Sommermonaten, in denen die Sonne nie untergeht, einzuschläfern. Der gilt als der beste Poet, bei dem noch niemand das Ende seiner Erzählung gehört hat, weil alle stets vor dem Ende eingeschlafen sind. In Österreich und Deutschland wird mehr die gespannte intellektuelle Aufmerksamkeit erwartet. Es gilt sogar als Schwäche eines Buches, wenn der Zuhörer in der ersten Reihe links einnickt und leise schnarcht. Nicht die absolute Stille nach einer Lesung ist das Ziel, sondern die rege Teilnahme an der Publikumsdiskussion danach. Da regnet es oft Fragen aller Art, die der Schriftsteller beantworten muss. Was oftmals unmöglich ist. Welcher Schriftsteller weiß schon, warum er schreibt?

Während meiner Gymnasialzeit fürchtete ich schriftliche Prüfungen noch mehr als mündliche. Es hieß zwar immer, die Mitarbeit im Unterricht sei gleichwertig, was die Notengebung anbelangt, aber das stimmte nicht. Im Zeugnis stand letztlich haargenau der Durchschnitt der Noten, die man bei den Schularbeiten bekommen hatte. Verhaute man die Schularbeiten, war man gefährdet, das Schuljahr wiederholen zu müssen. Und genau das war mein allergrößter Horror: sitzenbleiben und ein Jahr länger in die Schule gehen zu müssen als unbedingt nötig. Ich regte mich vor Schularbeiten dermaßen auf, dass ich meistens die Nacht vorher nicht schlafen konnte, was naturgemäß die Konzentration während der jeweiligen Schularbeit erheblich beeinträchtigte. Andrerseits: Mathematik und Englisch konnte man, falls man gelernt hatte, oft auch im Schlaf erledigen. Die echte Herausforderung waren die Deutschschularbeiten. Sie dauerten eine Doppelstunde lang. Zu Beginn der ersten Stunden bekamen wir das Thema, über das wir schreiben sollten, und fünf Minuten vor Ende der Doppelstunde mussten wir das Schularbeitsheft mit unserem Aufsatz abgeben. Möglichst leserlich und ohne Rechtschreibfehler. Ich war meistens einerseits so aufgeregt, andrerseits so müde, dass ich Mühe hatte, das Thema, über das wir schreiben sollten, überhaupt zu erfassen. Manchmal starrte ich zehn Minuten auf die Tafel, bis ich es verstand. Ich erinnere mich an ein Schularbeitsthema: »Was du ererbt von deinen Vätern, erwirb es, um es zu besitzen«. In so einen Gedanken muss man sich erst einmal hineinversetzen! Da wird selbst eine Doppelstunde knapp. Und dann kam noch die Qual der Wahl dazu. Es gab immer drei Themenbereiche zur Auswahl: Ein Dichter- oder Philosophenzitat, ein Erlebnisaufsatz und irgendetwas Aktuelles. Da galt es, sich zu entscheiden. Hatte man endlich entschieden, war bereits wertvolle Zeit verstrichen. Und dann erst kam mein größtes persönliches Handikap dazu: Meine Schreibhemmung vor dem Schularbeitsheft. Und zwar nur bei der Deutschschularbeit. Ich schlug das Deutschschularbeitsheft auf und wusste sofort, dass mir absolut nichts einfallen würde, wenn ich es in dieses Heft schreiben müsste. Also hatte ich stets leere Blätter Papier dabei, die ich dann hemmungslos vollschrieb. Das Problem war nur: Lose Blätter wurden nicht anerkannt. Ich musste alles, was ich auf meine Schmierzettel geschrieben hatte, rechtzeitig in Schönschrift in das Schularbeitsheft abschreiben. Man kann sich vorstellen, dass dann manchmal das Ende eines Aufsatzes fehlte. Oder dass ich so schnell schreiben musste, dass selbst ich es nachher nicht mehr lesen konnte. Oder dass ich in der Eile eine oder mehrere Zeilen übersprang, so dass niemand den Sinn des

Aufsatzes entschlüsseln konnte. Es war ein Jammer! Dabei hatte ich noch Glück. Meine Deutschprofessorin fand meine Aufsätze, soweit sie sie überhaupt entziffern konnte, so witzig, dass sie über vieles hinwegsah. Was allerdings auch wieder demütigend war. Die Aufsätze meiner Schulkollegin Theresa, die kein bisschen witzig waren, wurden nämlich immer wieder in den Jahresschulbericht aufgenommen, meine nie.

Leider habe ich das mit der Schreibhemmung bis heute beibehalten. Sie ist jetzt selbstverständlich nicht mehr an ein bestimmtes Heft gebunden. Ich schreibe ausschließlich auf dem Computer. Die Schreibhemmung besteht bis heute darin, dass ich nichts endgültig Gültiges schreiben kann. Allein der Gedanke an Endgültigkeit lässt mich verstummen. Das heißt, ich schreibe immer vorläufig. Und immer viel zu schnell, damit ich das Vorläufige später noch schnell ins Endgültige überschreiben kann. Nichts ist so schwer wie, gegen den eigenen Instinkt zu arbeiten. Mein Instinkt sagt mir, dass nichts endgültig ist. Und wir selbst schon gar nicht.

Meistens wählte ich das Erlebnisthema. Mein schönster Tag, mein größter Wunsch, mein liebster Freund. Alles natürlich anspruchsvoller formuliert. Da ich aber wusste, dass diese Themen, genauso wie vorher schon in der Volksschule, ausschließlich der Bespitzelung der Schüler dienten, war ich gezwungen, einen Wunsch, einen Freund, einen schönen Tag zu erfinden. Andrerseits hat mich die reine Fiktion in der Literatur nie gereizt. Also schrieb ich zwar über reale Freunde, Wünsche und Tage, änderte aber je nach Aufsatz Charaktereigenschaften, Alter, Wohnsitz etc., ganz nach meinem Belieben. Alle diese Erlebnisaufsätze waren letztlich gelogen. Aber das wusste meine Deutschprofessorin ja nicht. Sie dachte, mein Leben wäre so, wie ich es beschrieben hatte: bunt, ereignisreich und sehr komisch.

Tatsächlich war mir meistens langweilig. Und die Langeweile, die geistig war, verband sich mit der Schwerkraft, die körperlich war. »Lass dich nicht so hängen« wurde zum Lieblingssatz meiner Mutter.

Irgendwann im Frühjahr fuhren wir zur Hochzeit meiner Halbschwester nach München. Die Hochzeit selbst war nicht besonders spannend. Außer uns war nur der jüngere Bruder meines Schwagers mit seiner Frau eingeladen. Vera trug ein eierschalenfarbenes Kostüm und mein Schwager, der übrigens Korbinian hieß, ein Name, den ich noch nie gehört hatte, der aber meiner Meinung nach sehr gut zu ihm passte, einen schwarzen Anzug mit einer weißen Rose im Knopfloch. Die Zeremonie im Rathaus war schnell vorbei. Das angehende Ehepaar hatte auf die Rede des Standesbeamten verzichtet. Auch das Hochzeitsessen im Münchner Hofbräuhaus war alles andere als spektakulär: Weißwürste mit Brezen. Spannend war nur, dass ich am selben Tag erfuhr, dass Korbinian in Südafrika geboren war und in Indien studiert hatte. Sein Vater war Ingenieur bei Siemens gewesen und hatte über zwanzig Jahre lang im Ausland gelebt. Sensationell! Ich fragte meinen Schwager den ganzen Nachmittag lang über Südafrika und

Indien, Pflanzen, Tiere, Paläste und Lehmhütten aus. Korbinian bezeichnete mich daraufhin meinen Eltern gegenüber als ein aufgewecktes Kind. So hatte mich bis dahin noch nie jemand bezeichnet. Bei unseren Gesprächen saßen wir tief in je einem der schwarzen Ledersessel im Wohnzimmer in München, ich trank indischen Tee, und er trank Whiskey. Mit seinem eleganten schwarzen Anzug und der weißen Rose im Knopfloch sah er wie ein Diplomat aus. Seine langen dünnen Beine hatte er übereinandergeschlagen und den dünnen Arm mit dem Whiskeyglas in der Hand auf der Lederlehne abgestützt. Für mich war er der Inbegriff des Weltbürgers. Seine erste Verlobte war im indischen Ozean, neben ihm schwimmend, von einem Hai gefressen worden.

In einem der Erlebnisaufsätze bei der Schularbeit beschrieb ich, wie wir eines Tages mit meiner Halbschwester und meinem Schwager dessen Vater in seinem Haus am Bodensee besuchten. Das heißt, ich beschrieb auch in diesem Fall nicht, wie unser Besuch wirklich gewesen war, sondern ich beschrieb, wie er hätte sein können. Nicht einmal unser reales Auto beschrieb ich. Ich machte aus dem alten Ford Taunus einen silberfarbenen Alpha Romeo, mit dem wir in kürzester Zeit von Linz an den Bodensee flitzten.

In Wirklichkeit hatten wir bereits auf dem Hinweg, wie übrigens bei den meisten längeren Fahrten mit dem Ford Taunus, eine Autopanne und mussten unterwegs in einer schäbigen Pension übernachten. Als wir am nächsten Tag endlich am Bodensee ankamen – meine

Schwester und mein Schwager waren schon seit dem Vortag da –, war ich bodenlos enttäuscht. Der Vater meines Schwagers bewohnte ein schuhschachtelförmiges Haus, das von der Straßenseite aus, wo wir mit dem Auto ankamen, wie eine Betonfestung aussah. Das verschwieg ich natürlich in meinem Schulaufsatz. Ich machte ein Taj Mahal aus der Schuhschachtel. In der Empfangshalle hing der ausgestopfte Kopf eines Tigers. Daneben ein Wandteppich aus seinem Fell. Der Vater meines Schwagers erklärte uns, dass der Tiger an einer von ihm geplanten und seinerzeit gerade entstehenden Bahnstrecke gelebt und alle paar Tage einen indischen Bahnarbeiter aus seinem Zelt geschleppt und aufgefressen hatte. In der Mitte der Empfangshalle auf einem Sockel lag ein ausgestopftes Krokodil. Es war nicht viel größer als ein Meter. Bestimmt trotzdem ein Menschenfresser, wahrscheinlich von kleinen Kindern. Langsam entwickelte sich die Empfangshalle des Hauses für mich zum Gruselkabinett, nachdem der Vater meines Schwagers uns auch noch auf die ausgestopften Köpfe der Gnus, Gazellen und das spiralförmig gedrehte Geweih eines Kudus hinwies, die er angeblich allesamt selbst geschossen hatte. In meinem Erlebnisaufsatz verschwieg ich die augenscheinliche Schießwut des Vaters von Korbinian.

Gott sei Dank war das weitere Haus dann weitgehend tierfrei. Zumindest was ausgestopfte Tiere anlangte. Kaum waren wir auf dem Weg in das einen Stock tiefer gelegene Wohnzimmer, als uns auf der Marmortreppe ein schwer schnaufender und gleichzeitig heiser bellender Hund entgegenkam. Der Boxer des Hauses. Meine Mutter, die Hunde überhaupt nicht mochte, und schon gar keine schnaufenden, heiser bellenden, schrie auf, als das Tier ihr mit seiner endlos langen Zunge den Handrücken ableckte. (In meinem Schulaufsatz übrigens ein reinrassiger Deutscher Boxer, dessen Vorfahren ursprünglich zur Bärenjagd verwendet wurden.)

Das Wohnzimmer, in dem bereits meine Halbschwester und ihr Mann saßen und Whiskey (er) und indischen Tee (sie) tranken, hätte meine schönsten Erwartungen erfüllen können. An den Wänden hingen glänzende Seidenteppiche, der große Wohnzimmertisch aus schwarzem Holz war komplett mit Schnitzereien verziert, die Füße des kleineren Tisches vor den riesigen seidenen Couchen mit den bestickten seidenen Polstern waren aus Holz geschnitzte Elefantenfüße, die Tischoberfläche mit Intarsien aus Elfenbein versehen. Die filigran geschnitzte Tischlampe aus Elfenbein, die aus sechs ineinander gestaffelten filigran geschnitzten Lampen bestand, war, wie der Vater meines Schwagers erklärte, aus einem einzigen Stück Elfenbein von außen geschnitzt worden. Wenn man sie an dem Kabel, das unten aus der Lampe herausragte, anknipste, warf sie den Schatten der feinen Muster aller sechs Schnitzereien an die Wand gegenüber. Sogar der Aschenbecher war aus Elfenbein. Wie war es nur möglich, dass diese geballte Pracht absolut trostlos wirkte? Lag es an der Schuhschachtel, in der sie untergebracht war? Die

Bücherregale waren alle aus dem gleichen schwarzen, mit Schnitzereien verziertem Holz wie der Esstisch. Sogar meine Mutter war beeindruckt. Allerdings nicht lange. Der Vater meines Schwagers stellte uns nämlich seine junge Haushälterin und deren Tochter vor. Ich sah an der gerunzelten Stirn meiner Mutter sofort, dass sie die Haushälterin missbilligte. Die hatte lange rote Haare und, was meine Mutter bei Frauen abstoßend fand, einen großen Mund. Die Haushälterin warf ihre langen roten Locken in den Nacken und lächelte meinen Vater an, der sich daraufhin kerzengerade in seinem Sessel aufrichtete. Damit war die Haushälterin für meine Mutter erledigt.

Während der Vater von Korbinian, seine Haushälterin und deren Tochter im Sportwagen nach Konstanz fuhren, um Kuchen zu besorgen, klärte Vera uns auf, dass ihr Schwiegervater die Alleinerzieherin eines unehelichen Kindes aus Mitgefühl angestellt habe. Viel, sagte Vera, leiste sie aber offenbar nicht im Haushalt, sonst hätte sie ja wohl den Kuchen selbst gebacken, statt ihn, mitsamt ihrer Tochter und dem Schwiegervater in dessen Sportwagen aus der Konditorei in Konstanz zu holen. Die Tochter sei antiautoritär erzogen worden und trample den ganzen Tag auf den Polstermöbeln herum.

Nie im Leben, sagte meine Mutter am Abend im Bett zu meinem Vater, sei das Kind unehelich. Das heißt, das Kind sei sehr wohl unehelich, aber unehelich mit dem Schwiegervater Veras gezeugt. Das sehe doch jeder, sagte meine Mutter im Bett zu meinem Vater, dass sich die beiden ähnelten. Sie habe keine Lust, sagte sie weiter zu meinem Vater, während ich im Badezimmer war, dessen Tür ich einen Spalt weit offengelassen hatte, um sie zu belauschen, noch lange im Hause eines schießwütigen Playboys, zusammen mit dessen Geliebter, dem unehelichen Kind und einem sabbernden Boxer, zu bleiben. Jetzt muss ich zugeben, dass ich mich auch nicht wohlfühlte in dem Haus mit den ausgestopften Tieren und dem weißhaarigen alten Mann mit den Jeans und den Polohemden und seinem Porsche. Und der Boxer sabberte tatsächlich erheblich, wenn er seinen schweren Kopf auf meinen Schoß legte während ich ihn streichelte. Er hieß Loki. Die kleine Tochter der Haushälterin hieß Swenni. Sie hatte wie ihre Mutter einen großen Mund und wilde, braune Augen.

So interessante Themen wie uneheliche Kinder, alte Playboys oder Haushälterinnen, die mit ihrem Dienstgeber liiert sind, eigneten sich in keiner Weise für Deutschschularbeitsaufsätze. Ich verheiratete den Vater von Korbinian in meinem Aufsatz kurzerhand mit seiner Haushälterin. Was natürlich langweilig war. Überhaupt musste ich in meiner gesamten Gymnasialzeit feststellen, dass sich beinahe gar nichts, was mich interessierte, für Deutschaufsätze eignete. Stets musste ich das meiste verschweigen und nur den langweiligen Rest möglichst adjektivreich ausschmücken. Und so was nannte man im Gymnasium Fantasie. Vielleicht kommt daher meine Abneigung gegen Adjektive (Ausschmückungen) und meine Lust, Familiengeheimnisse in meinen Büchern auszuplaudern. Andrerseits wirkt das Gymnasium prägend auf einen jungen Menschen. Vielleicht glaube ich ja nur, Familiengeheimnisse in meinen Büchern auszuplaudern, und erfinde in Wirklichkeit gewohnheitsmäßig sogar meine Jugend neu. Wie dem auch sei, ich verdanke letztlich meinen langweiligen Deutschaufsätzen in der Gymnasialzeit die sich im Laufe meines Schriftstellerlebens immer mehr verfestigende Erkenntnis, dass ein Text keineswegs umso allgemeingültiger wird, je gemäßigter er geschrieben ist. Je allgemeiner der Blick, desto zwingender ist die Wirkung auf den Leser, der sich ja dem Objektiven nicht versperren möchte. Nur der subjektiv radikale Blick gibt dem Leser Freiheit. Schon der kleinste Kompromiss mit dem Common Sense unserer Deutschlehrer zerstört einen Text, den Autor und den Leser.

Am nächsten Tag begann meine Mutter damit, unseren geordneten Rückzug vorzubereiten. Zuerst lehnte sie einen Segeltörn auf dem Bodensee mit meiner Halbschwester, meinem Schwager, dessen Vater und seiner Haushälterin samt Kind ab. Angeblich hatte sie Kreislaufprobleme. Mein Vater und ich blieben daraufhin bei ihr. Ich nutzte die Gelegenheit, alle Zimmer des leeren Hauses zu besichtigen und mir vorzustellen, es wäre mein eigenes Haus in Südafrika, der Bodensee der Indische Ozean und Loki, der mir überall hin sabbernd folgte, mein zahmer Lippenbär. Aber es gelang mir nicht. Ein Hauch von Verwesung schien über dem ganzen Haus zu liegen. Möglicherweise ging er von den vielen Tierfellen aus, die überall lagen: Über dem riesigen, aus schwarzem Holz geschnitzten Bett des Vaters von Korbinian lag ein Tigerfell, links und rechts vom Bett je ein Zebrafell auf dem Boden. Sogar in der Küche hing das Fell einer Impala über dem Elektroherd. Im Kaminzimmer standen zwei Sessel mit Lehnen aus Horn vor dem Kamin, die ganz mit kuhbraunem Antilopenfell mit weißen Streifen bezogen waren. Ich kannte die Tiere alle aus Meyers Lexikon. Nur dass sie dort lebend abgebildet gewesen waren.

Am Abend, als Vera, ihr Mann, dessen Vater samt Haushälterin und Kind vom Segeltörn zurückkamen, hatte meine Mutter schon längst die Koffer gepackt. Sie lag auf dem Bett und klagte über Bauchschmerzen. Da damals gerade die Bauchgrippe am Bodensee umging, waren alle froh, als sie mitteilte, dass wir am nächsten Morgen abreisen würden. Es war unser erster und letzter Besuch im Haus des Schwiegervaters meiner Halbschwester.

Ich dachte die ganze Heimfahrt über Indien und Afrika nach. Womöglich hatten die schönsten Träume meiner gesamten Kindheit auf einem Irrtum beruht, und alles, was mir einmal gefallen hatte, beruhte in Wirklichkeit auf Jagd und Raub. Merkwürdigerweise musste ich dabei ständig ausgerechnet an die Lampe denken, die aus einem einzigen Stück Elfenbein von außen so bearbeitet worden war, dass sechs voneinander unabhängige feinst geschnitzte Kugeln entstanden waren, in deren innerster Kugel sich außerdem noch eine elektrische Glühbirne befand. Ich fragte mich, was ein einzelner Elefantenzahn wiegen könnte und wie es möglich war, aus einem doch eher schmalen Zahn mehrere große Kugeln zu schnitzen.

Selbstverständlich konnte mir auch die Biologieprofessorin in der Schule keine Antwort geben, weil wir gerade die Amphibien niedriger Klassifizierung durchnahmen. Meine Frage nach dem Elfenbein wurde mir als Desinteresse an Schwanz –, Aal- und Schleichenlurch ausgelegt. Es schien überhaupt so zu sein, dass sich sämtliche Professoren darauf geeinigt hatten, uns nichts beizubringen, was uns interessieren könnte. Ich lüge nicht, wenn ich behaupte, ich habe in meiner gesamten Schulzeit nicht ein einziges Mal etwas erfahren, das mich wirklich interessiert hätte. Dabei hätte es doch gerade im Biologieunterricht unzählige Gebiete gegeben, für die weibliche Schüler zwischen zehn und achtzehn Jahren gewonnen hätten werden können. Alle hätte doch zum Beispiel interessiert, dass bei den Seepferdchen die Männchen Kinder gebären, dass Schnecken Hermaphroditen sind oder dass der Clownfisch sein Geschlecht ändern kann.

Unsere Biologieprofessorin kam übrigens eines Tages nach den Sommerferien nicht mehr in die Schule zurück. Erst nachdem wir erfahren hatten, dass sie bei ihrer jährlichen Tauchexpedition im Pazifik von einem giftigen Tier gebissen worden und infolge davon gestorben sei, wurde uns klar, dass die Frau mit den kurzen schwarzen Haaren, die so viel Wert auf die fehlerlose Wiedergabe von Arten, Gattungen, Familien, Ordnungen, Klassen, Stamm usw. sämtlicher Tiere gelegt hatte, in den Sommerferien ein abenteuerliches Leben geführt hatte. Sie hatte in den fünf Jahren, in denen sie uns unterrichtet hatte, nie ein Wort darüber verloren. Offenbar mussten unsere Lehrer erst sterben, damit sie interessant wurden.

Das Alter zwischen dem elften und dem achtzehnten Lebensjahr ist die Zeit der Missgeschicke und der Scham darüber. Eine vegetative Reaktion auf vermeintliche Regelverstöße. Einerseits individuell, andrerseits sozial bedingt. Sie entsteht einerseits aus der Angst, nicht geliebt, geachtet oder im schlimmsten Fall nicht einmal akzeptiert zu werden, andrerseits aus dem Eigenanspruch, perfekt zu sein. Und es scheint so, als wäre die Scham letztendlich ein zentrales Vehikel zur Empathie. Denken wir nur an Donald Trump. Der schämte sich nie.

Alles war peinlich. Besonders wenn es mit Kontrollverlust zusammenhing. Kontrollverlust bedeutete, wieder in die Rolle des hilflosen Babys zurückzufallen, das nicht einmal seine Ausscheidungen im Griff hat.

Wir hatten meine Cousine Cosima in unseren jährlichen Sommerurlaub an der italienischen Adria mitgenommen. Sie war achtzehn Jahre alt, groß, blond und hatte einen richtigen Busen. Der Urlaub begann, wie die meisten unserer Urlaube, mit einer Katastrophe. Zwischen Villach und Venedig regnete es nämlich in Strömen. Das wäre ja noch nicht weiter schlimm gewesen, wenn unsere Stoff- und Lederkoffer nicht auf dem Dach des dottergelben Ford Taunus 12 M meines Vaters geschnallt gewesen wären. Obenauf lag der Koffer meiner Cousine Cosima. Cosima hatte einen Stoffkoffer. Als wir bei strahlendem Wetter in Caorle ankamen und meine Cousine ihren Koffer auspackte – wir hatten ein Doppelzimmer –, musste sie feststellen, dass ihre Kleider völlig durchweicht, verdrückt und vor allem verfärbt waren. Meine Cousine weinte. Es seien Modellkleider gewesen, sagte sie weinend. Ich hatte keine Ahnung, was ein Modellkleid war. Wahrscheinlich waren die Kleider bereits von Modellen getragen worden. Meine Mutter und ich hatten ebenfalls bei der »Chance« in Linz, eine Art Vorläufer der späteren Secondhandläden, unsere Kleider gekauft. Sie waren sehr billig gewesen. Cosima stürmte in das Zimmer meiner Eltern. Ich packte inzwischen meine eigenen Kleider aus, die durchweg trocken waren, da mein Koffer als der unterste auf dem Dach unseres Autos gelagert gewesen war. Mir wäre es egal gewesen, wenn meine Kleider von der »Chance« in Linz durch den Regen durchweicht gewesen wären. Ich hatte sowieso vor, hauptsächlich meine Shorts und T-Shirts zu tragen, ob verfärbt oder nicht. Als Cosima zurück in unser Doppelzimmer kam, lächelte sie wieder. Mein Vater habe ihr Geld für ein paar neue Kleidungsstücke gegeben, sagte sie, und meine Mutter habe versprochen, alles in die Reinigung zu geben, um zu retten, was noch zu retten war. Sie wollte sofort losziehen, um sich neue Kleider zu besorgen. Ich kam mit. Es war dann ganz erstaunlich für mich, wie viele Kleider sie in Caorle für das Geld meines Vaters bekam. Am eindrucksvollsten war der Bikini, den sie kaufte. Er war olivbraun, so dass es auf der vorgebräunten Haut meiner Cousine beinahe so aussah, als hätte sie gar nichts an. Nur der Busen wurde durch den Bikini noch mehr hervorgehoben, so dass er oben und auf der Seite ein wenig hervorquoll. Cosima schüttelte ihre langen blonden Haare, als sie sich im Spiegel betrachtete. Sie sah sehr zufrieden aus. Ich fand ihren Busen eindeutig zu groß. Am Strand wurde mir dann sofort klar, dass ich die Einzige war, die ihn zu groß fand. Alle Männer, einschließlich meines Vaters, starrten ihr auf den Busen, wobei sie dümmlich grinsten.

Am zweiten oder dritten Tag unseres Urlaubs, als Cosima und ich am Strand Federball spielten, kam einer von den dümmlich Grinsenden direkt auf uns zu. Er war noch blonder als meine Cousine. Auf seinem braungebrannten durchtrainierten Körper glitzerten silberne Wassertropfen. Vor Schreck verschoss ich den Federball. Der blonde Braungebrannte hob ihn lächelnd auf und überreichte ihn meiner Cousine. Sie lächelte zurück. »Alfons«, sagte er, nachdem er eine Weile zuerst auf ihren Busen und dann in ihr Gesicht gestarrt hatte. »Cosima«, sagte meine Cousine, die ihrerseits auf seine muskulösen Oberarme starrte. Es ging dann alles rasend schnell. In kürzester Zeit waren wir um achtzehn Uhr dreißig vor unserem Hotel verabredet. Sein Freund käme mit, sagte Alfons und schenkte auch mir ein Lächeln. Ich bezweifelte, dass meine Eltern erlauben würden, dass ich mitkäme, aber meine Cousine sagte, sie organisiere das schon. Sie war der Meinung, dass ich unbedingt mitkommen müsste, weil das unauffälliger sei. Warum und was eigentlich unauffällig sein sollte, sagte sie nicht. Dann verschwand sie wieder im Zimmer meiner Eltern und kam mit der Nachricht zurück, dass wir meine Eltern um zwanzig Uhr dreißig bei der Eisdiele treffen würden, wo wir jeden Abend Eis aßen. Sie habe behauptet, dass wir einkaufen gehen und danach Tischfußball spielen wollten.

Meine Cousine erklärte mir in unserem Zimmer, dass der dümmliche Alfons umwerfend aussähe. Ein absoluter Traummann, sagte sie, ein Frauenschwarm, ein Spitzentyp. Ich fand das zwar gar nicht, sagte aber nichts, weil ich nicht als naiv gelten wollte. Cosima begann bereits um siebzehn Uhr mit umfangreichen Vorbereitungen. Zuerst probierte sie sämtliche Kleider, die sie neu gekauft hatte, durch, und ich sollte sagen, welches das geeignetste sei. Aber am Ende hielt sie sich doch nicht an meinen Vorschlag und zog das Kleid an, das ihren Busen am meisten betonte. Dann verschwand sie im Bad, um sich zu schminken. Ich war jetzt doch froh, dass meine Kleider nicht verfärbt waren, und wählte ein Leinenkleid. Das weiß ich noch so genau, weil Leinen besonders leicht knittert. Besonders, wenn es feucht wird.

Nach dem Abendessen um Punkt sechs Uhr – der Speisesaal war noch ziemlich leer gewesen – brachen wir zu unserem heimlichen Rendezvous auf. Meine Mutter rief uns noch »Viel Vergnügen!« hinterher. Cosimas Spitzentyp und sein Freund warteten schon vor dem Hotel. Der Spitzentyp, groß, stark und blond, hatte ein hellblaues Glitzerhemd zu einer unten weit ausgestellten Hose an. Sein Freund war klein, pummelig und hatte kurze schwarze Haare. Über der linken Schulter trug er eine Hängetasche, was damals für Männer noch nicht üblich war und als weibisch galt. Egal! Wir marschierten los, und Cosima und ihr Traummann unterhielten sich sofort bestens. Sein Freund – er hieß Werner – und ich wussten zuerst nicht recht, worüber wir reden sollten. Schließlich erzählte Werner mir von seinem Kakadu zu Hause in Stuttgart, der Bingo hieß. Offenbar konnte Bingo sprechen, singen und tanzen. Das interessierte mich dann doch. Als wir im Zentrum von Caorle angekommen waren, dort, wo die Hauptstraße mit den vielen Geschäften und Bars und Eisdielen begann, fand ich Werner schon einigermaßen sympathisch. Nicht jeder hat einen Kakadu! Wir spielten zunächst einmal ein paar Runden Tischfußball – Werner und ich gewannen –, dann beschlossen Alfons und Cosima, im Freizeitpark von Caorle Minigolf zu spielen. Ich hatte noch nie Minigolf gespielt. Werner erklärte es mir, indem er mich zuerst in die richtige Position drehte und dann mit seinen Händen über meinen mit dem Minigolfschläger ausholte. Dabei streifte er meinen Busen, was mir sehr unangenehm war, da ich unter dem Kleid extra mein Bikinioberteil anbehalten hatte, weil das harte Körbchen hatte und es so aussah, als ob ich auch einen Busen hätte. Aber so ein hartes Bikinioberteilkörbchen, in dem sich nichts befindet, kann man auch eindrücken. Wir verschossen den Ball weit. Alfons und Cosima waren minigolfgeübt. Ihre Bälle verschwanden in kürzester Zeit in jedem Loch. Werner hatte entschieden, dass wir weiter gemeinsam spielten. Auf die Weise streifte er dauernd mein hartes Bikinioberteilkörbchen. Ich war bald ganz verschwitzt vor Stress. Aber Werner war auch rot im Gesicht. Als meine Cousine endlich sagte, dass sie jetzt unbedingt etwas trinken müsse, und wir in den Gastgarten eines Lokals einkehrten, war ich heilfroh. Vor Durst trank ich den Cocktail, den Alfons für uns alle bestellt hatte, fast in einem Zug aus. Weil er mir sehr gut schmeckte – er war orangefarben und sehr süß –, trank ich dann noch einen. Den Alkoholgehalt eines Cocktails hatte ich nicht bedacht. Und vor allem hatte ich nicht bedacht, dass, wer viel trinkt, irgendwann aufs Klo muss. Ich wollte aber nicht aufs Klo gehen, weil ich nicht sicher war, dass ich noch gerade gehen konnte. Der Drang wurde immer größer, und in dem gleichen Maße, wie er größer wurde, wurden auch meine Bedenken größer. Ich wusste ja nicht einmal, wo die Toilette sich überhaupt befand, und fragen konnte ich auch nicht, weil ich nicht wusste, was Toilette auf Italienisch heißt. Ich blieb sitzen und meine Blase schmerzte. Schon wieder brach mir der Schweiß aus. Meine Hände wurden ganz kalt, und ich bekam kaum Luft. Aus lauter Verlegenheit trank ich noch das Cola, das meine Cousine vor mich hinstellte, weil sie dachte, dass ich vor Durst so hechelte. Das Cola verschärfte meine Lage. Jetzt hätte ich, selbst wenn ich gewollt hätte, nicht mehr aufs Klo gehen können, weil meine Blase sich beim Aufstehen sofort entleert hätte. Irgendwann passierte es dann auch im Sitzen. Eine warme Flüssigkeit rann wie von selbst aus mir heraus. Es war entsetzlich. Ich schob meinen Sessel ganz nahe zum Tisch, damit niemand etwas bemerkte, und die Flüssigkeit hörte und hörte nicht auf zu rinnen. Unter meinen Sessel musste bereits eine große Lache sein und mein Kleid war hinten bestimmt vollkommen durchnässt. Sobald ich aufstünde, würde jeder meine Schande sehen. Es galt also, an diesem Tisch sitzen zu bleiben, bis mein Kleid halbwegs getrocknet war. Meine Cousine wies mehrmals darauf hin, dass wir dringend aufbrechen müssten, da meine Eltern uns bei der Eisdiele erwarteten und es bereits nach neun Uhr sei, aber das war mir egal. Ein Erdbeben hätte stattfinden können, oder die Markise über dem Garten des Lokals hätte zu brennen anfangen können, ich wäre nicht aufgestanden. Meine einzige Sorge war, dass man den Urin roch. Mein Kleid musste unbedingt trocknen. Das konnte nicht mehr lange dauern, weil es ziemlich heiß war nachts in Caorle. Ich musste nur noch ein wenig Zeit gewinnen. Also bestellte ich ein großes Eis mit Schlagsahne. Niemand konnte verlangen, dass ich es in ein paar Minuten hinunterschlang. Meine Cousine wurde immer unruhiger. Als ich das Eis sehr langsam aufgegessen hatte, wusste ich, dass ich den Aufbruch nicht mehr hinausschieben konnte. Es war mittlerweile fast zehn Uhr abends. Alfons zahlte die gesamte Rechnung. Ich wartete, bis alle standen, bevor ich aufstand. Als ich meinen Hintern vom Sessel abhob, kam es mir so vor, als ob ein scharfer, süßlicher Geruch unter mir aufstieg. Gott sei Dank waren die anderen bereits zum Ausgang vorgegangen. Ich strich rückwärts über mein Kleid, das noch feucht war, und versuchte es mit ein paar Handbewegungen schnell etwas auszulüften. Dann schloss ich auf. Cosima und Alfons gingen voran. Werner ging neben mir. Ich verwickelte ihn sofort in ein Gespräch über seinen Kakadu, damit er nicht auf die Idee käme, hinter mir zu gehen. Meine Eltern waren längst nicht mehr in der Eisdiele. Wir waren jetzt fast zwei Stunden zu spät. Mir fiel ein, dass meine Mutter außerdem ihren Namenstag hatte. In Österreich wurde zwar der Namenstag nicht gefeiert, aber meine Mutter kam aus dem Ruhrgebiet, wo man ihn sehr wohl feierte. Wir suchten noch ein paar andere Eisdielen in der Hauptstraße von Caorle auf, aber von meinen Eltern war weit und breit keine Spur. Meine Cousine beschloss, dass wir sofort zurück zum Hotel mussten. Wir nahmen die Strandpromenade. Alfons hatte den Arm um Cosimas Schultern gelegt. Da Werner keinesfalls hinter mir gehen durfte, nahm ich kurzerhand seinen Arm und legte ihn ebenfalls um meine Schulter. Werner sah mich von der Seite erstaunt an und legte die Finger seiner rechten Hand auf meinen Hals. Unter anderen Umständen wäre ich stolz gewesen, dass ein erwachsener Mann auf der dämmrigen Strandpromenade von Caorle seinen Arm um meine Schulter gelegt hatte und meinen Hals berührte, aber wie die Lage für mich aussah, konnte von Stolz keine Rede sein. Noch dazu, wo ich jetzt auch noch ahnte, dass meine Mutter stinksauer sein würde, dass wir sie an ihrem Namenstag versetzt hatten. Werner sagte, sein Kakadu könne auch pfeifen. Er pfeife die komplette Melodie von »Alle Vöglein sind schon da«, wobei er auf seiner Stange im Käfig hin- und herlaufe und den Kopf rhythmisch nach links und rechts bewege. Das Meer neben der Uferpromenade war schwarz und rauschte. Am Himmel waren unzählige Sterne. Gerade als ich mich ein wenig zu entspannen begann, blieben Cosima und Alfons so abrupt vor uns stehen, dass wir in sie hineinrannten. Vor uns, im Licht einer Straßenlaterne, kamen uns meine Eltern entgegen. Meine Mutter sah verheult aus, und mein Vater hatte sein Das-Maß-ist-voll-Gesicht. Werner nahm seinen Arm von meiner Schulter. Mein Vater sagte laut und drohend: »Margit, du kommst sofort her!« Ich wusste, dass es keinen Sinn hatte, Widerstand zu leisten. Mein Vater würde mir sonst vor allen auch noch eine Ohrfeige geben. Ich ging in der Hoffnung, mein Kleid sei inzwischen getrocknet, zu meinen Eltern. Mein Vater gab mir trotzdem eine Ohrfeige. Als wir schweigend ins Hotel zurückgingen, waren Alfons und Werner schon verschwunden.

Mein Vater versuchte mir später noch zu erklären,

warum er mir damals in Caorle die erste Ohrfeige meines Lebens gegeben hatte. Er sagte, dass er zu Tode erschrocken gewesen sei, mich mit einem zehn Jahre älteren Mann tief umschlungen auf der Strandpromenade von Caorle spazieren gehen zu sehen. Ich sei damals schließlich erst zwölf gewesen. Mit zwölf, sagte mein Vater, verliebe man sich nicht. Er hatte offenbar gar nichts verstanden. Ich war mit Werner nicht tief umschlungen auf der Strandpromenade spaziert. Und schon gar nicht war ich in Werner verliebt gewesen. Werner war mir vollkommen gleichgültig.

Meine Cousine schlief in der Nacht nicht in unserem Doppelzimmer. Schon während ich mich schweigend auszog, schlich sie sich zur Tür hinaus. Ich ließ meine Kleider auf den Boden fallen, kroch ins Bett und schlief sofort ein.

Am nächsten Morgen war meine Cousine noch vor dem Frühstück wieder da, suchte sofort noch einmal das Zimmer meiner Eltern auf und kam stundenlang nicht zurück. Ich duschte inzwischen, und als ich das Leinenkleid, das ich am Vorabend angehabt hatte, vom Boden aufgehoben und umgedreht hatte, sah ich, dass die Rückseite total verknittert war und einen großen gelben Fleck hatte.

Als mein Vater über achtzig Jahre alt war und langsam immer vergesslicher wurde, vergaß er alles Mögliche, aber nie, wo in Linz eine öffentliche Toilette war. Seine Spaziergänge richtete er dementsprechend aus. Bis er einmal, ich lebte damals längst in Berlin und war während meines Besuches in Linz mit meinen Eltern mit der Straßenbahn in die Stadt gefahren, um einzukaufen, urplötzlich an der Haltestelle Blumau aus der Straßenbahn sprang. Er war so schnell, dass wir ihm nicht folgen konnten. Die Straßenbahn fuhr schon wieder los, als wir noch durch das Fenster sahen, wie mein Vater auf der gegenüberliegenden Straßenseite in einen Bus sprang, der auch gleich darauf abfuhr. Nachher hat er uns erzählt, dass er plötzlich ein dringendes Bedürfnis gehabt habe, ihm aber nur die öffentliche Toilette im Hummelhofwald eingefallen und er deshalb mit dem Bus dorthin gefahren sei. Kurz darauf wurde bei ihm Alzheimer diagnostiziert. Er sollte noch fast zehn Jahre mit dieser Krankheit leben.

Was das Verhältnis des Menschen zu seinem Körper betrifft, gibt es unzählige Parallelen zwischen dem heranwachsenden und dem alternden Menschen. In beiden Fällen funktioniert der Körper meist nicht so, wie der Kopf will. In der Jugend will der Geist oft hoch hinaus, ist abenteuerlustig und lebensgierig. Er will unbedingt endlich einmal in einer Disco ausflippen, und wenn er dann zum ersten Mal in der Disco steht, flippt sein Körper nicht aus, sondern steht starr und steif auf der Tanzfläche herum. Der ältere Mensch ist meistens steif, da kann sein Geist noch so wendig sein. Will der junge Mensch lässig und leichtfüßig erscheinen, sind seine Bewegungen oft ruckartig und unkoordiniert, weil seine Arme und Beine nicht im Gleichgewicht sind. Das ist auch beim älteren Menschen so. Im Gleichgewicht ist da gar nichts mehr. Als alternder Mensch kann man froh sein, wenn man auf dem Weg vom Einkaufen nicht stolpert, hinfällt und sich einen Oberschenkelhalsbruch zuzieht.

Das Gleiche in Gesellschaft. Sowohl dem Jugendlichen als auch dem älteren Menschen passieren ununterbrochen Missgeschicke. Der Jugendliche bekommt nichts von einer Unterhaltung mit, weil er mit seinen eigenen Gedanken beschäftigt ist, der alte Mensch, weil er nichts mehr hört. Der eine kann nicht, möchte aber, der andere möchte, aber kann nicht mehr. Im Extremfall schaffen es beide nicht mehr rechtzeitig auf die Toilette. Im Alter ist ohnehin schon alles zu spät. Nur die Scham bleibt.

Mit dreizehn wusste ich, dass endlich etwas geschehen musste. Die hohle Stelle, in die sich die Langeweile eingeschlichen hatte, musste gestopft werden. Aber wie? Heute reiten die meisten Mädchen ab ihrem elften oder zwölften Lebensjahr. Sie striegeln die Pferde und misten den Stall aus, nur damit sie die Tiere anschließend allein durch den Druck ihrer Oberschenkel herumkommandieren können. Das kam damals nicht in Frage. Niemand außer Millionäre oder Adelige ritt auf Pferden. Aber das wäre ohnehin nichts für mich gewesen. Zum Reiten wäre ich viel zu müde gewesen. Auch zum Lesen. Wenn in meinem Leben nichts Spannendes geschah, hatte ich keine Lust über das spannende Leben anderer zu lesen.

Irgendwann kam die Lösung des Problems ganz von selber, und zwar in Form von männlichen Engeln, die direkt vom Himmel herabgeschwebt sein mussten.

Man konnte sie plötzlich überall sehen: In der Straßenbahn lächelte einer wehmütig durch die Fensterscheibe, am Urfahraner Jahrmarkt flog ein schwarzgelockter Engel am Kettenkarussell rasend im Kreis, im Schwimmbad sprangen sie reihenweise vom Zehnmeterbrett. Es waren göttliche Geschöpfe und genau wie Gott Projektionsflächen. Damit beginnt ja das Verhängnis. Gerade noch Gott und plötzlich ein blasierter Besserwisser. Vor einem Monat noch ein Baby, plötzlich ein Mann. In einem Moment strahlend schön, im nächsten potthässlich. Je nachdem wie der Betrachter, beziehungsweise in diesem Fall die Betrachterin, ihn sieht. Das ununterbrochene Festhalten am Schönen ist eine Kraftfrage.

Ich weiß noch, wie meine Schulkollegin Angelika und ich auf unserem täglich gleichen Schulweg mit der Straßenbahn eine Zeitlang einen ganz bestimmten Knaben anstarrten, der uns als der Inbegriff aller männlichen Schönheit erschien: groß, schwarze Locken, himmelblaue Augen, lange Wimpern. Wir gaben ihm sogar einen Namen (ich glaube Thomas) und malten uns aus, dass wir mit ihm ins Kino gingen. Als er uns eines Tages zu bemerken schien und in unsere Richtung lächelte, wobei er die Oberlippe etwas hochzog, verwandelte er sich augenblicklich in einen die Zähne bleckenden Einfaltspinsel. Angelika und ich fassten uns an den Händen. Nachdem er an der Station ausgestiegen war, an der er immer ausstieg (wir schlossen aus der Station und seiner Schultasche, dass er ins Humanistische Gymnasium ging), löste sich unsere Erstarrung in einem derartigen Lachanfall, dass wir es beinahe nicht geschafft hätten, an unserer Straßenbahnstation auszusteigen. Wir mussten uns noch eine Weile in das Wartehäuschen bei der Station setzen, wo wir uns vor Lachen krümmten. In der Schule wurden wir von unseren Mitschülerinnen gefragt, ob wir geweint hätten wegen unserer roten Augen, und da erlitten wir noch einmal einen Lachkrampf, der auch nicht zu stoppen war, als die humorlose Chemielehrerin unser Klassenzimmer betrat. Sie schickte uns auf den Gang vor das Klassenzimmer, wo wir immer noch lachten. Das trug uns beiden eine schlechte Betragensnote ein, die aber letztlich unbedeutend war. In den Jahreszeugnissen ging es allein darum, in den Hauptfächern halbwegs gut abzuschneiden und in den Nebenfächern möglichst kein »Genügend« zu bekommen. Demütigend war es trotzdem, weil die Chemielehrerin ins Klassenbuch schrieb, dass es fraglich sei, ob wir die nötige Reife fürs Gymnasium hätten. Die Deutschlehrerin, die nach der Chemiestunde in unsere Klasse kam, grinste, als sie die Eintragung las, und gab uns als Hausaufgabe einen Aufsatz mit dem Titel »Reife ist, wenn man …« Ich brütete damals endlos über dem Thema. Ich wusste einfach nicht, was Reife ist, und ich weiß es bis heute nicht. Mein Vater schrieb schließlich den Aufsatz für mich. Es ging darum, dem anderen verzeihen zu können, glaube ich. Ich habe trotzdem oder gerade deshalb meiner Chemielehrerin bis heute nicht verziehen. Und der Deutschlehrerin auch nicht!

Offenbar war es das Beste, wenn man allen männlichen Wesen tunlichst aus dem Weg ging und sie nur von Ferne bewunderte. Wer konnte schon wissen, für was alles man herhalten musste in ihren Augen, wenn man ihnen zu nahe kam. Noch quälender als die Tatsache, dass ein Engel mit Schmollmund von einem Augenblick zum anderen zum wulstlippigen Rohling mutieren kann, war die Vorstellung, wie man selbst in den Augen eines jugendlichen Gottes von einer zarten Elfe zu einer kurvenlosen Bohnenstange mutierte. Eine der vielen bitteren Erkenntnisse der Pubertät ist ja die Sache mit den Spiegelneuronen. Als ob es nicht ausreichte, dass einem selbst jederzeit etwas durch und durch Peinliches passieren konnte, musste man entdecken, dass auch die Tatsache, wenn jemand anderem etwas durch und durch Peinliches geschehen konnte, zur schrecklichen Belastung werden konnte. Vielleicht ist Reife, wenn sich die Beschämung in Mitleid wandelt.

Ich fand mich absolut reizlos. Eine ganz schlechte Voraussetzung, um die Aufmerksamkeit eines Engels auf sich zu ziehen. Auch hier kommt es, wie überall sonst im Leben, auf das Selbstbewusstsein an. Mit angemessenem Abstand ging es ja noch. Wenn es zu keinerlei Berührungen kam. Wenn es nur darum ging, die Wesen überhaupt auszumachen, die man dann heimlich anhimmeln konnte.

Aber offenbar wollten das die männlichen Wesen nicht. Sie legten es vielmehr auf Berührung geradezu an, um Chaos und Verwirrung zu stiften und eine allem erdenklichen Demütigungen zuzufügen.

Markus, der die Osterferien bei seinen Eltern verbrachte, aber niemanden aus unserer ehemaligen Clique vorfand (Ostern fuhren die meisten Familien traditionsgemäß zu Omas und Tanten ins Mühlviertel), hatte vor lauter Langeweile an unserer Wohnungstür geläutet. Früher wäre niemand von uns Kindern jemals auf die Idee gekommen, an irgendeiner Wohnungstür zu läuten. Man traf sich im Hof. Aber es hatte sich längst alles geändert. Auch Markus hatte sich verändert. Er hatte immer eine praktische Kurzhaarfrisur gehabt, eigentlich fast eine Stoppelglatze, die ihn bei seinen vielen sportlichen Aktivitäten – Schwimmen, Schifahren, Radfahren – nicht störte. Jetzt waren seine Haare auf der Stirn so lang, dass sie ihm ständig ins Gesicht fielen, weshalb er sie alle paar Sekunden mit einer Kopfbewegung zurückwarf. Meine Eltern waren an dem Tag nach langer zäher Diskussion doch endlich alleine zu ihrem Osterspaziergang aufgebrochen, also ließ ich Markus in unsere Wohnung. Wir saßen mangels anderer Sitzgelegenheiten in meinem Zimmer dicht nebeneinander auf meiner Ausziehcouch. Zuerst wussten wir nicht viel miteinander anzufangen. Markus hat nie viel geredet und antwortete auf meine Frage nach dem Internat in Waidhofen an der Ybbs nur sehr einsilbig. Irgendwann sah er sich in meinem Zimmer um und entdeckte meinen Teddy. Der Teddy war das einzige Spielzeug, das sich noch in meinem Zimmer befand. Die Puppen waren längst in einer Kiste in den Keller befördert worden. Ausgemistet, wie meine Mutter sagte. Markus nahm den Teddy in die Hand und grinste. »Spielst du noch gerne mit deinem Teddy?«, fragte er grinsend und warf ihn in die Luft. Obwohl ich in Wirklichkeit gar nicht mehr mit meinem Teddy spielte, fühlte ich mich irgendwie ertappt und versuchte, ihm den Teddy wegzunehmen. Markus versteckte ihn hinter seinem Rücken, hielt ihn über seinem Kopf und am ausgestreckten Arm zur Seite. Ich musste ihn zwangsläufig berühren, wenn ich meinen Teddy erwischen wollte. Und da spürte ich zum ersten Mal dieses Prickeln. Es ging eindeutig von dem Bereich aus, den vernünftig zu benennen die Menschheit bis heute noch nicht geschafft hat, und stieg langsam den Körper hinauf, bis der zu vibrieren begann. Sogar die Augen zuckten davon. Das Prickeln setzte eine Art Tollkühnheit frei, wie ich sie so noch nie erlebt hatte. Vielleicht ähnlich einem Rennfahrer, der, hat er erst einmal aufs Gas gedrückt, weiter rast, bis er am Ziel anlangt oder in die Leitplanke kracht. Die Sache artete in eine regelrechte Rauferei aus. Fast hätten wir meinem Teddy einen Arm ausgerissen, als ich ihn, über Markus gebeugt, an einem Arm erwischte. Markus versuchte nun, mir den Teddy wieder zu entreißen. Allerdings nur halbherzig, kam mir vor. Er lag nun halb auf mir und angelte nach einem Bein des Teddys. Eine Weile blieb er einfach mit dem Kopf auf meinem Bauch liegen und sah mich mit seinen dunkelbraunen Augen mit den langen dunklen Wimpern darüber an. Plötzlich verwandelte sich die Tapete aus verblichenem Gelb in meinem Zimmer doch noch einmal in pures Gold, Markus wurde zum Maharadscha und ich zu einem schwarzen Panther mit sehr weichem Fell. Ich meinte, seine Frauen in den Tiefen des Palastes singen zu hören und die Stimmen der Bootsführer draußen am Ganges. Aber in Wirklichkeit waren es nur die Stimmen meiner Eltern, die gerade zur Wohnungstür hereinkamen. Wir setzten uns schnell auf, Markus warf seine Haare in den Nacken, und ich glättete meine Bluse. Meine Eltern waren sprachlos, als sie uns auf meiner Ausziehcouch eng nebeneinandersitzen sahen. Wahrscheinlich waren wir immer noch knallrot im Gesicht. Und überhaupt war alles mal wieder furchtbar demütigend. Mein Vater drehte sich um und ging schweigend weg, meine Mutter schickte Markus nach Hause. Dann ging sie ins Badezimmer und sperrte sich dort lange ein. Als sie wieder herauskam, verordnete sie mir Hausarrest, weil sie mir unterstellte, nicht mit zum Osterspaziergang gegangen zu sein, um Markus heimlich in unsere Wohnung zu lassen. Für mich hatte sich alles trotz Hausarrest und einem späteren letzten Versuch meiner Mutter, mich noch einmal aufzuklären, ausgezahlt. Erschöpft vom Erfinden ganzer Kontinente, konfrontiert mit der Leere frustrierter Lehrer, war plötzlich wieder dieses Prickeln zu spüren gewesen, das einmal – noch vor kurzem – ein ganzes Wohnzimmer zum Amazonas hatte werden lassen, wo noch die hässlichsten Fernsehstühle zu wuchtigen Nilpferden mutierten und weiße Stores vor dem Balkonfenster zu Wasserfallschleiern, die im moosgrünen Urwaldteppich des Wohnzimmers mündeten.

Leider musste ich bereits ein Wochenende später, als Markus und ich uns heimlich auf dem Schotterweg hinter den Büschen trafen, feststellen, dass seine dunkelbraunen Augen mit den langen Wimpern zu Schlitzen werden konnten, die mich belauerten. Auf seiner Stirn entdeckte ich unter den langen Haaren drei Pickel. Außerdem hatte er eindeutig O-Beine. Seinen Kuss fand ich eklig. Markus kam gar nicht auf die Idee, mir, wie mein Maharadscha, von seinen Sorgen und dem ständigen Ärger mit seinen Erziehern zu erzählen oder mein schwarzes Fell zu bewundern, sondern er stand einfach stumm da mit seinen schmalen Lippen und stierte auf meinen nicht vorhandenen Busen.

Das Treffen hinter den Haselnussbüschen drei Wochen später, als er wieder für ein Wochenende aus Waidhofen nach Hause kam, war noch schlimmer. Diesmal riss er mich unvermittelt an sich und küsste mich, ich verlor das Gleichgewicht, und wir fielen auf den Kiesboden. Ich wollte schnell wieder aufstehen, aber Markus hielt mich fest. Beziehungsweise er hielt meine Arme fest. Ich lag auf dem Rücken, die Arme links und rechts abgewinkelt, und Markus lag auf mir und hielt meine Arme fest. Ich bäumte mich auf, aber das hatte auf ihn nur die Wirkung, dass er mich nun auch mit seinem ganzen Körper niederdrückte und meine Arme noch fester auf den Kiesboden presste. Überhaupt war sein Verhalten sehr merkwürdig. Er wälzte sich auf mir, während mir die spitzen Steine in den Rücken stachen. Dazu atmete er schwerfällig und verdrehte die Augen. Es war abstoßend und nicht im Geringsten prickelnd. Schließlich gelang es mir, unter ihm hervorzukriechen. Ich lief nach Hause. Dort musste ich einen Fahrradunfall vortäuschen, weil meine nackten Arme mit Kieselsteinen gespickt waren. Später begannen die Wunden zu eitern, und ich musste wieder einmal zu unserem Hausarzt, dem Vater meiner ehemaligen Kinderfreundin, der mir die Kieselsteinchen mit einer Pinzette entfernte wie vor Ewigkeiten einmal, nachdem ich Kieselsteine in meine Strumpfhose gesteckt hatte, um in der Sonntagsmesse kniend für meine Sünden zu büßen.

Unsere letzte Begegnung für lange Zeit fand in den Sommerferien darauf statt. Es war an einem Sonntag. Wir hatten uns eine Weile nicht mehr gesehen, und mir war es wieder einmal gelungen, den Sonntagsspaziergang mit meinen Eltern zu verweigern. Ich war also wieder allein zu Hause, als es an der Haustür unten läutete. Sonntags war unsere Haustür aus irgendeinem Grund immer verschlossen, elektrische Türöffner gab es noch nicht, weshalb ich aus dem Fenster meines Zimmers schaute, das genau über der Haustür lag. Unten standen Markus und ein Freund. Den Freund kannte ich nicht. Ich erschrak bei dem Gedanken, die beiden in die Wohnung zu lassen und dann wieder von meinen Eltern, wenn sie von ihrem Sonntagsspaziergang zurückkämen, überrascht zu werden. Diesmal mit zwei Männern. Andererseits wollte ich nicht als Feigling dastehen. Oder als Kleinkind, das seine Eltern bitten muss, ob Freunde zu Besuch kommen dürfen. Ein fürchterlicher Zwiespalt. Aus dem ich aber sofort befreit wurde, indem Markus mich fragte, ob ich mit ihnen den neuen James-Bond-Film im Kino sehen wollte. Ich war so froh, dass eine Gruppenorgie in unserer Wohnung auf diese Weise ausgeschlossen wurde, dass ich sofort zusagte. Allerdings war ich noch nicht oft im Kino gewesen. Ich wusste nicht einmal, wie man sich bei einem Kinobesuch eigentlich anzog. Eher wie bei der Sonntagsmesse oder eher wie in der Schule? Eher Hose oder Rock, eher modisch oder neutral? Schließlich entschied ich mich für einen Rock aus gelbem Cordstoff, den ich am Bund umschlagen und damit kürzer machen konnte, und für blaue Strümpfe. Blaue Strümpfe waren damals der allerletzte Schrei. Ich hatte sie erst während des letzten Besuchs bei meinen Verwandten im Ruhrgebiet zu Pfingsten gekauft. In Österreich waren sie noch gar nicht erhältlich. Die blauen Strümpfe aus irgendeinem Spitzenmaterial hatten nur einen Nachteil: Sie waren selbsthaftend. Das heißt: Sie waren angeblich selbsthaftend. Ohne Strumpfhalter zu tragen. Angeblich. Nachdem ich mich in unserem Badezimmer noch schnell geschminkt hatte – ich verwendete dazu einen schwarzen Malstift, um meine Augen zu vergrößern, und den Lippenstift meiner Mutter, den ich allerdings nach dem Auftragen gleich fest abwischen musste, weil er sonst zu grell war –, steckte ich mein Taschengeld in meine pinkfarbene Handtasche und brach auf. Unten vor der Haustür saßen die beiden Jungs auf zweien der Steine, die der Hausmeister zur Zierde vor den Vöesthäusern hatte aufstellen lassen, und rauchten. »Das hat ja Ewigkeiten gedauert«, sagte Markus, und sein Freund grinste dazu dämlich. Wir brachen auf. Schon auf dem Weg entlang der Vöesthäuser bemerkte ich, dass die blauen Strümpfe ohne Strumpfhalter zu rutschen begannen. Ich versuchte sie unauffällig wieder hochzuziehen, was Markus nicht entging. Er lächelte spöttisch. Beim Stiegenabgang hinunter zur Muldenstraße lugten die angeblich selbsthaftenden Strümpfe bereits unter dem zum Minirock aufgerollten Cord hervor. Sie hochzuziehen war so auffällig, dass auch der immer noch dämlich grinsende Freund von Markus es bemerken würde. Ich weiß nicht mehr, warum das eigentlich alles so furchtbar peinlich war. Es fühlte sich an wie der Sieg der Hunnen über die zivilisierten Völker. Ich hätte im Boden versinken wollen, einfach verschwinden, mich in Luft auflösen. Bestimmt war ich inzwischen auch wieder blutrot im Gesicht. Unten an der Muldenstraße rutschte mir der rechte Strumpf bis zu den Knöcheln hinunter. Damit war meine Niederlage besiegelt. Ich war außerstande, den Strumpf vor den Augen von Markus und seinem Freund wieder hochzuziehen. Ich hätte ja meinen Cordrock hochheben müssen. Womöglich hätte man dann auch gesehen, dass er am Bund mehrmals umgeschlagen und so gekürzt worden war. Andrerseits konnte ich unmöglich mit einem bis zum Knöchel hinuntergerutschten Strumpf ins Kino gehen. Die Situation war ausweglos. Es blieb nur die Flucht. Ich machte kurzerhand kehrt und rannte zu unserem Haus zurück. Die Jungs folgten mir. Ich hörte geradezu die Pferdehufe der wilden Reiter hinter mir auf Beton knallen. Kurz darauf fühlte ich mich wie das potentielle Opfer in einem Stahlnetz-Krimi im Fernsehen, das von seinem potentiellen Mörder verfolgt wird. Ich weiß noch, dass meine Hände so zitterten, dass ich fast die Haustür nicht hätte auf- und hinter mir wieder abschließen können. Zurück in unserer Wohnung zog ich die Schuhe aus, riss mir die Strümpfe vom Leib und schleuderte sie in eine Ecke. Dann warf ich mich auf die Ausziehcouch und heulte. Unten an der Haustür läuteten die Jungs. Ich steckte meinen Kopf unter ein Kissen und schluchzte hinein. Die Jungs läuteten Sturm. Ich weiß nicht mehr, wie lange sie da unten standen. Sie warfen sogar Steinchen an mein Fenster. Ich hatte mich inzwischen vor lauter Heulen aus dieser Welt gebeamt. In meinem Kopf läutete und läutete es, mein ganzes Gesicht vibrierte, mein Körper war wie aus Stein. Ich spürte gar nichts mehr, als meine Eltern schließlich kamen und mich in diesem Zustand auf der Couch heulend vorfanden. Natürlich waren sie alarmiert und wollten erfahren, was denn passiert sei. Aber ich konnte nicht sprechen und bekam keine Luft mehr. Meine Eltern wurden richtig panisch. Wer weiß, was sie dachten, was mir geschehen sei. Meine Mutter klatschte mir einen nassen Waschlappen auf den Kopf, mein Vater schüttelte mich an den Schultern. Sie flößten mir dann noch Pfefferminztee ein, und nach gefühlten zehn Stunden erzählte ich ihnen von dem peinlichen Vorfall. Naturgemäß verstanden sie nicht, was daran so schlimm gewesen war. Sie entspannten sich richtiggehend. Meine Mutter erzählte die Geschichte, wie ihr als junges Mädchen beim Einsteigen in die Straßenbahn die Unterhose hinuntergerutscht war und wie sie damals einfach aus ihrer Unterhose gestiegen, sie aufgehoben und in ihre Handtasche gesteckt hatte, und mein Vater erzählte lachend, wie ihm bei seinem ersten Versuch mit sechsundfünfzig Jahren Twist zu tanzen, die Anzughose bis zu den Knien hinuntergerutscht war. Selbstverständlich tröstete mich der Gedanke, wie meine Mutter mitten in der Stadt ihre Unterhose verloren oder meinem Vater beim Tanzen die Anzughose hinuntergerutscht war, nicht im Mindesten. Im Gegenteil. Zur Scham über mein eigenes Missgeschick kam dann dank der Spiegelneuronen noch die Fremdscham über die Missgeschicke meiner Eltern.

Wenn ich heute darüber nachdenke, was eigentlich so katastrophal an hinuntergerutschten blauen Strümpfen ohne Strumpfhalter ist, dass ich noch wochenlang nachts im Bett in mein Kissen weinte, fällt mir augenblicklich das Buch über den menschlichen Körper ein, das eines Tages auf dem Tisch im sogenannten Kabinett unserer Wohnung lag. Leider weiß ich nicht mehr, wie es hieß. Ich weiß nur noch, dass es einen dunkelroten Umschlag mit einem Skelett darauf hatte und dass es ein ausführliches Kapitel über die Pubertät darin gab. Ich hatte nie zuvor etwas so Grauenhaftes gelesen und gesehen. Es waren zum Beispiel Zeichnungen darin abgebildet, wie sich während der Pubertät der weibliche Körper veränderte. Zuerst sah man einen Oberkörper mit zwei Punkten links und rechts, und ein mit zarten Strichen angedeutetes Ypsilon am Unterkörper. Dann wurden die zwei Punkte auf dem Oberkörper zu kleinen hohlen Kreisen, das Ypsilon wurde fetter. Es gab fünf Stufen der Entwicklung. Am Ende der fünfstufigen Entwicklung stand ein richtiger Busen und das Ypsilon am Unterkörper hatte sich zu einem kohlrabenschwarzen Dreieck entwickelt. Es war widerwärtig. Noch grauenhafter war aber die schematische Zeichnung eines Querschnitts durch die weibliche Brust, wie unter der Abbildung stand. Diesmal in Farbe. Es würgte mich regelrecht beim Anschauen. Außen war die Brust beigefarben, dann, innerhalb einer violetten Linie, waren dottergelbe Wülste eingezeichnet, die Fettschicht der Brust. Ich dachte sofort an die fetten Suppenhühner, die meine Mutter stundenlang kochte, bis gelbe Fettaugen auf der Oberfläche schwammen, vor denen mir furchtbar grauste. Unterhalb der dicken gelben Fettwülste lagen dann größere lila marmorierte Wülste, bei denen es sich um die Milchdrüsen handelte. Wie bei einer Kuh, dachte ich und stellte mir lauter durchgeschnittene Euter vor. Die Texte in diesem Buch waren fast noch grauenvoller. Es war die Rede von der Vulva, deren Hautfarbe und Struktur sich ändert. Sie wird dunkler und ausgeprägter. Runzeliger. Die äußeren

Schamlippen auch. Noch einmal grauenhafter die Tabelle: Schambehaarung (8.–13.Lebensjahr), Wachstum der Scheide (9.–13. Lebensjahr), volle Brustentwicklung 12.–17. Lebensjahr), Akne (ab 14.–15. Lebensjahr. Nicht zwingend). Die Vorstellung, dass meine Eltern das Buch gekauft hatten, um meine körperliche Entwicklung zu bespitzeln, verfolgte mich noch lange. Mir wurde schlagartig klar, dass hinter all der Scham wegen heruntergerutschter blauer Strümpfe ohne Strumpfhalter, über aufgrund der Schwerkraft misslungenen Felgenaufschwüngen in der Turnstunde, dem aus Scham zungenlosen und deshalb fehlerhaften »th« im Englischunterricht, den früher neutralen, plötzlich kaum aussprechbaren Wörtern wie Schwanzlurch oder Sehnenscheidenentzündung, letztlich nichts anderes als der entsetzliche Tatbestand der sichtbar gemachten Geschlechtsreife lag. Zur Verfolgung der Entwicklung der männlichen Geschlechtsorgane in Bild und Text hatte ich dann einfach nicht mehr die Nerven.

Markus ging ich von da an aus dem Weg.

Ich habe ihn übrigens zwanzig Jahre später noch einmal getroffen. Ich war aus Paris zu Besuch bei meinen Eltern in Linz, als jemand anrief und sich als »Hier spricht ein Bindermichler« vorstellte. Jetzt muss ich dazu sagen, dass damals mein erster Erzählungsband »Die Rosen des Heiligen Benedikt« erschienen war, in dem sich eine Geschichte mit dem Titel »Die Bindermichler« befand. Das Motto der Geschichte war das Lied »Wer die Bindermichler kennt, blonde Hoar und schwoaze Zend«. Ich dachte daher zunächst mit Schrecken an einen der wirklichen Bindermichler, die hinter der Geschichte gestanden hatten, eine wilde Bande von Halbkriminellen, mit denen sich meine Freundin Gabi und ich vor Urzeiten heimlich im Hummelhofwald getroffen hatten. Aber der Bindermichler am Telefon outete sich als Markus, der mich zum Abendessen einlud. Er wohne, sagte er, mit seiner Frau in der ehemaligen Wohnung seiner Eltern, also nur ein paar Schritte von der Wohnung meiner Eltern entfernt. Ich nahm die Einladung an. Von meinen Eltern hatte ich bereits gehört, dass Markus für die Vöest drei Jahre lang in Peking gearbeitet hatte und gerade erst aus China zurückgekommen sei, und ich hoffte auf ein chinesisches Abendessen. Es war dann ein merkwürdiger Abend. Markus und seine Frau hatten die Wohnung seiner Eltern zwar modern eingerichtet, aber, wie auch in der Wohnung meiner Eltern, spürte man überall den Mief der fünfziger Jahre. Wahrscheinlich lag es an der niedrigen Decke, die alle Vöestwohnungen hatten. Seine Frau war Lehrerin, dünn, blond und sehr langbeinig. Sie hätte Fotomodell sein können, wenn sie nicht etwas Strenges, Ambitioniertes an sich gehabt hätte. Es war schnell klar, dass sie und nicht Markus meinen Erzählband gelesen hatte. Wie wäre auch Markus sonst auf die Idee gekommen, sich am Telefon als Bindermichler zu bezeichnen, obwohl er kein Bindermichler, sondern Spallerhofer war und auch keine blonden Haare und keine schwarzen Zähne hatte. Seine Frau hingegen, die weder Bindermichlerin noch Spallerhoferin war, hatte meine Geschichte wahrscheinlich, wie die meisten Leser damals, für reine Fiktion gehalten. Jedenfalls äußerte sie sich begeistert über meine Fantasie. Worüber ich aber recht froh war, da in dem Buch auch Erzählungen enthalten sind, von denen ich keinesfalls wollte, dass ein Spallerhofer Jugendfreund und seine etwas strenge Volksschullehrerin sie für autobiografisch hielten. Sie erzählten dann von China. Markus hatte in der Nähe von Peking ein Werk für die Vöest aufgebaut, und seine Frau hatte die Kinder der österreichischen Arbeiter unterrichtet. Aber obwohl sie sogar bei den Studentendemonstrationen auf dem Platz des Himmlischen Friedens in Peking dabei gewesen waren, erzählten sie kaum etwas darüber. Als wären sie seither Geheimnisträger, die nichts von ihren Gefühlen preisgeben dürften. Zum Abendessen gab es dann Frankfurter Würstel mit sehr viel süßem Mautner Markhof Senf.

Vieles in unserem Leben verweist nach vorne oder zurück. Weist es zurück, versteht man es manchmal sofort, weist es nach vorn, merkt man seine Bedeutung oft erst viel später. Und dann gibt es noch Ereignisse, die weisen sowohl zurück als auch nach vorne.

Es ist ja nicht ganz selbstverständlich, dass ich bei den Modenschauen, die mein Cousin und ich zu fortgeschrittener Stunde bei unseren Familienfeiern veranstalteten, ständig einen Nachttopf am Rücken oder eine Klopapierrolle um den Hals trug. Wie kamen wir auf so eine Idee? Oder weiß der Mensch in seinem tiefsten

Inneren, dass letztendlich alles im Leben darauf hinausläuft, was der Mensch aufnimmt und was er ausscheidet? Und dass er von der Wiege bis zur Bahre hinfällig ist und bleibt? Bis zu den Modenschauen hatte mein Cousin Otti in meinem Leben keine wesentliche Rolle gespielt. Er war fünf Jahre älter als ich und immer schon unglaublich groß und dünn und erwachsen gewesen. Bei Familienfeiern spielte er »Schwarzbraun muss mein Mädel sein, schwarzbraun bin auch ich« auf der Gitarre und sang dazu. Irgendwann begannen wir aber mit den Modenschauen, bei denen ich das Modell und er der Moderator war. Mein Cousin setzte mir beispielsweise im Schlafzimmer seiner Eltern den Tiroler Hut seines Vaters auf und band mir den Nachttopf seiner Mutter auf den Rücken. Während ich mich dann im Wohnzimmer vor meinen Eltern und meiner Tante Jetti und meinem Onkel Otto im Kreis drehte, pries mein Cousin die praktische Wanderausrüstung für ältere Herrschaften an. Er gab Tipps, wie die mobile Toilette, wie er den Nachttopf meiner Tante Jetti nannte, hinter Büschen oder Felsen diskret verwendet werden könnte. Ein anderes Mal trug ich statt des Nachttopfs mehrere Rollen Klopapier, zu einer Kette zusammengebunden, um meinen Hals. In dem Fall wies mein Cousin darauf hin, dass der Wanderer zwar im Notfall auf eine Toilette verzichten könne, aber niemals auf Klopapier. Er prangerte die Angewohnheit an, sich statt Klopapiers in der freien Natur größerer Blätter zu bedienen, da diese den Raupen, Käfern und Schmetterlingen als Nahrung dienten. Unsere Eltern lachten Tränen. Sehr lustig war auch der an der Hüfte zu befestigende Klappstuhl meines Cousins, mit dem er in Wien, wo er gerade Germanistik und Geschichte zu studieren begonnen hatte, sämtliche Konzerte auf billigen Stehplätzen besuchte und der für Ehepaare bei Ausflügen als Sitzgelegenheit bei Ehestreitigkeiten verwendet werden könne. Oder er befestigte den riesengroßen Büstenhalter seiner Mutter an mir, stopfte vorne zwei Orangen hinein und kommentierte die Unterwäsche als unauffällige Proviantdose für lange Opernbesuche. Das alles war so komisch, dass wir uns beim Verkleiden und zwischen seinen Moderationen vor Lachen krümmten. Eines Nachts, als er an mir gerade den Spitzenunterrock meiner Tante über ihrem Mieder drapierte – »Das Sommerkleid zum Hineinwachsen« –, starrte mein Cousin mich plötzlich wortlos an. Ich spürte, wie ich feuerrot im Gesicht wurde. Danach führten wir nie mehr eine Modenschau auf.

Plötzlich hatte ich noch einen zweiten Cousin in München, der Bernd hieß. Sein Vater war ein Cousin meines Vaters, und wir hatten nicht viel Kontakt mit der Familie gehabt. Seit Vera nach München gezogen war und wir sie dort regelmäßig aufsuchten, besuchten wir bei der Gelegenheit auch den Cousin meines Vaters. Ich hatte zwar schon vorher gewusst, dass der Cousin zwei Kinder hatte, Heidi und Bernd, hatte mich aber nie besonders für sie interessiert. Heidi interessierte mich auch weiterhin nicht, sie war weit über zwanzig, arbeitete als Kosmetikerin, war dick und hatte strähnige, schwarz gefärbte Haare. Aber Bernd interessierte mich plötzlich sehr. Eigentlich war auch er dicklich, hatte außerdem Pickel und stumpfe blonde Haare. Für mich war er aber damals einer der jungen Götter, die anscheinend scharenweise auf die Erde herabgestiegen waren, um mich aus meiner Lethargie zu erlösen. In meinen Augen waren seine Haare nicht stumpf, sondern gegelt und vorne zu einer Tolle geformt. Er war für mich auch keinesfalls dicklich, sondern kräftig und hatte wie Thomas, den Angelika und ich so bewundert hatten, leuchtend blaue Augen. Meine Mutter mochte den Cousin meines Vaters und seine Familie nicht. Sie fand sie primitiv. Onkel Franz, wie ich den Cousin meines Vaters nannte, war ungelernter Arbeiter, und Bernd war Lehrling in einer Tischlerei. Meine Mutter war der Meinung, dass sei kein Umgang für mich. Meine Mutter zog jeden noch so hässlichen Gymnasiasten jedem noch so schönen Lehrling vor. Mir gefielen die schönen Lehrlinge besser. Sie wirkten auch insgesamt weniger verklemmt. Fand ich. Jedenfalls zog ich, bevor wir Onkel Franz und seine Familie besuchen wollten, den gerade neu in München gekauften himmelblauen Nickipullover an, der mir meiner Meinung nach so gut stand, und wusch mir in Veras Badezimmer gerade die Haare, als meine Mutter ins Badezimmer kam und mich scheinheilig fragte, warum ich mir ausgerechnet jetzt die Haare waschen würde. Es war eine typische Erwachsenenfrage. Natürlich gab ich nicht zu, dass ich mir die Haare wusch, um meinen Cousin Bernd zu beeindrucken. Ich behauptete, mir die Haare aus keinem anderen als aus hygienischen Gründen zu waschen. Man lernt, wenn man erwachsen wird, ja wie gedruckt zu lügen. Meine Mutter glaubte mir nicht. Sie sagte mir auf den Kopf zu, dass ich mir die Haare nur waschen würde, um meinem Cousin Bernd – »einem Tischlerlehrling«, sagte sie mit Betonung auf Lehrling – zu gefallen. Fast wäre es ihr gelungen, meine Vorfreude auf die Begegnung mit dem schönen Bernd zu dämpfen. Aber mein Schwager, der gerade am Badezimmer vorbeigekommen war, hatte sie gehört. Wenig später, als wir im modern eingerichteten, geräumigen Wohnzimmer in ausladenden schwarzen Ledersesseln saßen und Kaffee tranken, um uns für den Besuch beim Cousin meines Vaters zu stärken, wandte er sich an meine Mutter. »Liebe Maria«, sagte er mit der ihm eigenen bedächtigen Ausdrucksweise zu meiner Mutter, »man kann sich die Haare durchaus auch ohne Grund waschen.« Meine Mutter lächelte schmallippig, aber mein Tag war gerettet.

Bernd grinste dann nur und beachtete mich trotz himmelblauem Nickipulli und frisch gewaschener Haare nicht weiter, obwohl ich mich ständig in seiner Nähe aufhielt. Wahrscheinlich war ich ihm zu jung oder zu dünn oder zu zickig. Aber vielleicht tat er auch nur so, als würde er mich nicht beachten. Das war ja gerade das Problem, dass man bei den männlichen Wesen nie genau wusste, ob man ihnen nun gefiel oder nicht. Oft war gerade die Nichtbeachtung ein Zeichen, dass man ihnen gefiel. Ich erklärte mir das Paradoxon so: Wenn sie gezeigt hätten, dass man ihnen gefiel, und sie selbst gefielen einem aber nicht, dann stünden sie dumm da. Und das war das Letzte, was ein männliches Wesen anstrebte: dumm dazustehen. Ein männliches Wesen musste anscheinend immer gut dastehen, die Hände in den Hosentaschen, und grinsen. Genau das tat Bernd. Es gibt ein sehr peinliches Foto von uns aus der Zeit, auf dem Bernd und ich in einem Maisfeld hocken, die Köpfe aus dem Maisfeld ragend, und grinsen. Keine Ahnung, wie und warum wir in das Maisfeld kamen.

Mein Schwager sagte, dass mir der neu gekaufte Nickipullover ausgezeichnet stehe. Er interessierte sich überhaupt für mich. Weil ich so begabt sei. Kein Mensch hatte bis dahin jemals behauptet, ich sei begabt. Er wollte wissen, was ich einmal werden wollte, was ich am liebsten tat, was ich gerade las und so weiter. Meine Mutter mochte auch Korbinian nicht, obwohl er nie Lehrling gewesen war, sondern Architektur studiert hatte. Gut, es hing sicher auch damit zusammen, dass sie und Vera einander nicht verstanden. Aber dass sie meinen Schwager ablehnte, mit dem sie sich immerhin gegen meine Halbschwester hätte verbünden können, lag eindeutig an ihrem Klassenbewusstsein. Sie fürchtete instinktiv die Verführungskraft des Proletariats, der Intellektuellen und der besitzenden Klasse auf ihre minderjährige Tochter.

Meiner Freundin Gabi gefielen auch die schönen Lehrlinge besser als die pickeligen Schüler. Was uns einmal beinahe zum Verhängnis geworden wäre.

Zu der Zeit waren wir mit der Schule bereits aus der Innenstadt auf den Bindermichl übergesiedelt. Die meisten Eltern waren froh darüber, weil sie der Meinung waren, die Stadt sei ein gefährliches Terrain für Heranwachsende. Der Hummelhofwald, der direkt neben unserem neuen Schulgebäude lag, ein revitalisierter alter Milchhof, erschien ihnen gesundheitsfördernd. Der Milchhof war für die Schüler des Wirtschaftskundlichen Gymnasiums zu klein, weshalb unsere Klasse in einem Container untergebracht war. Vorläufig, hieß es, bis der Milchhof renoviert und ausgebaut würde. Aber meines Wissens wurde der alte Milchhof auch später nie ausgebaut. Vielleicht war es nicht nötig, weil mit den Jahren immer weniger Mädchen ein Wirtschaftskundliches Gymnasium besuchen wollten.

Wir hatten Billi und Hans im Hummelhofwald, den wir auf unserem Heimweg von der Schule durchqueren mussten, kennengelernt, wo sie auf dem Spielplatz jeweils auf einer Schaukel saßen und rauchten. Als sie uns am Rand des Spielplatzes in der Sonne sitzen sahen, verließen sie ihre Schaukeln, schlenderten auf uns zu und setzen sich links und rechts von uns auf die Banklehne. Links saß Billi neben Gabi, rechts saß Hans neben mir. Alle beide sahen gut und ein wenig verwahrlost aus, was uns aber gefiel. Wir waren damals gegen alles Geschniegelte. Außerdem imponierte uns die Selbstverständlichkeit, mit der sie uns ansprachen. Da war nichts von der Umständlichkeit, mit der Schüler vorgingen, wenn sie Mädchen ansprachen. Sie luden uns zu einer Cola im Hummelhofcafé ein. Auf dem Weg dorthin legte Billi einen Arm um Gabis Schulter, Hans um meine. Unsere Schultaschen, die wir noch auf dem Rücken trugen, waren dabei im Weg, aber das störte die beiden offenbar nicht. Kein langes Theater und Gezicke, wer mit wem und warum oder ob überhaupt. Wir waren sehr zufrieden mit der Unkompliziertheit, mit der alles geschah. Die beiden begrüßten die Besitzerin des Hummelhofcafés wie eine alte Bekannte, die allerdings den Kopf schüttelte, als sie uns sah. Hans legte seine Füße auf einen Sessel, und Billi sang das Bindermichlerlied mitten im Kaffeehaus. Ein älteres Ehepaar verließ daraufhin das Lokal. Wir trafen die beiden dann einige Wochen lang manchmal nach der Schule, manchmal, wenn wir von zu Hause wegkonnten, auch abends im Hummelhofwald. Meistens war uns langweilig. Dann ärgerten wir den einbeinigen Parkwächter, indem wir uns vor seinen Augen auf die Lehne der Parkbänke setzen, was er uns prompt verbot, oder Billi oder Hans pflückten eine Blume aus den Beeten, die er angelegt hatte. Wenn er uns dabei erwischte, liefen wir davon, weil er mit einem Bein sowieso keine Chance hatte, uns einzuholen. Abends waren auch noch andere Bindermichler dabei. Wir saßen dann über den halben Park verteilt auf den Lehnen der Parkbänke und tranken Bier aus der Flasche, vor dem Gabi und mir grauste. Eines Tages schlug Hans vor, einen Ausflug mit seinem Auto aufs Land zu machen. Damals hatte kein einziger Schüler ein eigenes Auto, im Gegensatz zu heute, wo sie dank des U17-Führerscheins bereits mit ihren Sportcoupés zum Unterricht brausen. Ein Auto bedeutete Unabhängigkeit und Freiheit. Wir verabredeten uns für das kommende Wochenende. Als wir am Sonntag darauf beim Café am Hummelhofwald eintrafen, sprang Billi aus dem Gebüsch und deutete uns, ihm zu folgen. In einer der Indianerhütten für die Kinder des Hummelhofspielplatzes versteckt, erklärte er uns, Hans sei von der Polizei festgenommen worden. Die Polizisten hätten behauptet, Hans und er hätten ein Auto gestohlen, was aber gar nicht stimmte, sie hätten sich den BMW nur für die Spritzfahrt aufs Land ausleihen wollen und hätten ihn bestimmt am Abend wieder auf den Parkplatz zurückgestellt. Er selbst habe rechtzeitig abhauen können. Auf seine unkomplizierte Art fragte Billi uns, ob wir ihn ein paar Tage verstecken könnten. Gabi, deren Eltern jedes Wochenende im Mühlviertel verbrachten, seit die zweiundneunzigjährige Großmutter immer hinfälliger wurde, nahm ihn mit zu sich nach Hause. Ich weiß nicht, ob sie es tat, weil es eine Mutprobe war oder weil Billi jetzt ihr Freund war. Jedenfalls schmiss ihr Bruder, der ebenfalls nicht zu der Oma im Mühlviertel mitgefahren war, Billi noch am selben Abend aus der Wohnung. Wir haben die beiden nicht wiedergesehen. Die Besitzerin des kleinen Cafés am Hummelhofwald, die wir nach den beiden fragten, sagte jedenfalls, sie säßen beide im Gefängnis, wo hoffentlich die ganze Bindermichlerbande, die seit einiger Zeit den Hummelhof und Umgebung unsicher machte, landen würde. Wir sollten schnell zu unseren Eltern nach Hause gehen und froh sein, dass wir die Halunken losgeworden seien. Da erst fiel uns auf, was für ein Glück wir gehabt hatten. Womöglich wären wir während der Spitzfahrt aufs Land mit Billi und Hans in eine Polizeikontrolle geraten und mitverhaftet worden. Gabi wurde im Nachhinein ganz blass und sagte, ihr Vater hätte sie sofort in ein Heim für Schwererziehbare bringen lassen. Wir hielten uns von da an doch lieber meistens an die pickeligen Schüler.

Wenn Vera uns im Sommer in Linz besuchte, fuhren wir bei Mondschein nachts mit unserem Vater zum Pichlingsee und badeten dort nackt. Ich fand das einerseits abenteuerlich, andrerseits verstörend. Abenteuerlich war, nachts in einem schwarzen See zu schwimmen, auf dem sich das Mondlicht wie ein Band spiegelte, das einen hinter sich herzog, verstörend war, dass Vera nach dem Schwimmen im Pichlingsee vollkommen nackt zum Aufwärmen ein Stück auf dem Betonweg lief, der rund um den Pichlingsee führte, wobei ihr Busen auf- und abhüpfte, was man im Mondlicht unmöglich übersehen konnte. Mein Vater lief meistens neben ihr, wobei das Unaussprechliche an ihm ebenfalls auf- und abhüpfte. Meine Mutter kam nicht mit. Sie war gegen Nacktbaden. Sie kam meistens auch zu den Ausflügen ins Almtal oder auf den Sternstein nicht mit, sondern blieb zu Hause und kochte. Ich profitierte von der Feindschaft zwischen meiner Halbschwester und meiner

Mutter, indem Vera mich in allem, was meine Mutter ablehnte, unterstützte: Miniröcke, Kosmetika, gemeinsames Baden in unserer Badewanne.

Vera war der Meinung, dass meine Mutter eine katholische Glucke sei, die dauernd auf ihrer Tochter hocke, und lud mich nach München ein. Ohne meine Eltern. Zu meiner Mutter, die verhindern wollte, dass ich ganz alleine mit dem Zug nach München fuhr, sagte sie, ich sei alt genug, um allein zu verreisen. Dass sie mich mit ihren Ängsten noch ganz verkorksen würde. Ich käme ihr ohnehin schon reichlich gehemmt vor. Das heißt, so drastisch sagte sie das nur zu mir, aber meine Mutter verstand sie auch so. Das wollte sie nicht auf sich sitzen lassen. Ich durfte also fahren. Während der ganzen Zugfahrt von Linz nach München überlegte ich, ob ich verkorkst und gehemmt sei. Wahrscheinlich war ich das, was mich noch mehr hemmte. Vera, die neben ihrer Lehrtätigkeit an der Fachhochschule auch unzählige russische und tschechische, vorwiegend technische wissenschaftliche Artikel und Aufsätze ins Deutsche übersetzte, hatte gerade viele Aufträge und war in Zeitdruck. Dennoch wollte sie mir etwas bieten. Sie sprach also mit dem Abteilungsleiter des Dolmetscherinstitutes, ihrem Vorgesetzten, ob sein Sohn ihrer jungen Halbschwester nicht das München der jungen Szene zeigen könnte. Besonders das *Blow Up*, eine riesige Disco, die damals in aller Munde war. Der Abteilungsleiter, der sich, wie sich später herausstellen sollte, Sorgen um die politische Einstellung seines

Sohnes machte, der gerade Politologie und Soziologie zu studieren begonnen hatte, sagte sofort im Namen seines Sohnes zu. Das war natürlich eine zwiespältige Angelegenheit. Einerseits war der Sohn des Chefs von Vera wahrscheinlich von seinem Vater gezwungen worden, mit mir auszugehen, andrerseits kannte ich selbst keinen Menschen in München, außer meiner Halbschwester und meinem Schwager. Ich war wahnsinnig aufgeregt, da ich noch nie mit einem Studenten ausgegangen war, und tat alles, um möglichst erwachsen zu wirken. In Absprache mit meiner Halbschwester zog ich ein grellgelbes Ensemble an, das aus einer weiten, gelben Polyester-Hose und einem gelben Polyester-Minikleid, das man über der weit ausgestellten Hose trug, bestand. Dann schminkte ich mich ausgiebig mit Veras Utensilien. Ich hatte damals bis knapp zum Kinn reichende, auf der Seite gescheitelte hellbraune Haare und war zaundürr. Im Nachhinein würde ich sagen, ich war der Twiggy-Typ. Twiggy war ein extrem untergewichtiges, britisches Teenagermodel der 1960er Jahre, das einen Seitenscheitel trug. Ob ich sie damals überhaupt kannte, weiß ich nicht mehr. Ich glaube, eher nicht, da ich mich für den Seitenscheitel, auf dem meine Mutter bestanden hatte, damit ich ihrer Meinung nach immer ordentlich frisiert aussähe, schämte. Jedenfalls war ich mit meinen Nerven bereits am Ende, als mich der Sohn von Veras Chef mit seinem Auto abholte. Als er Vera und mich vor der Haustüre stehen sah, öffnete er statt einer Seitentür die gesamte Vorderfront des

Autos und wuchs nachgerade riesengroß aus dem Auto heraus. Er trug eine dunkle Cordhose und eine abgewetzte braune Lederjacke, hatte schwarze Haare und maß mein grellgelbes Polyester-Ensemble mit riesigen braunen Augen von oben bis unten. Ich hätte mich ohrfeigen können, dass ich nicht meine beige Cordhose und meinen hellblauen Nickipullover angezogen hatte. Der Sohn von Veras Chef begrüßte meine Halbschwester mit einem Kuss auf jede Wange. Sie steckte ihm währenddessen irgendwelche Banknoten zu. »Fürs Blow Up«, sagte sie, tätschelte seinen Oberarm und wünschte uns einen schönen Abend. Es war furchtbar peinlich. Wir stiegen von vorne in das Auto ein – eine Isetta, sagte Vera am nächsten Morgen – und pressten uns nebeneinander auf eine ziemlich harte schmale Bank. Mehr Platz war nicht. Wolfgang, so hieß der Sohn von Veras Chef, seufzte tief. »Willst du wirklich ins *Blow Up*?«, fragte er mich, bevor wir losfuhren, und fügte hinzu, dass es sich um einen vollkommen versnobten, sauteuren Laden handelte. Er schlug vor, statt dessen den Film *Blow Up* im Kino anzuschauen. Ich war erleichtert, nicht in eine riesige Disco gehen zu müssen, wo ich mich womöglich verirrte oder die Toilette nicht fand oder diesmal statt der blauen Strümpfe meine Polyesterhose, die nur mit einem Gummizug festgehalten wurde, verlor, und stimmte sofort zu. Kino war ein sicherer Ort. Man musste sich nicht unterhalten, und die Zeit verging, ohne dass etwas peinlich war. Wolfgang legte seine Beine auf den Vordersitz des ziemlich leeren Kinosaals. Ich verstand dann von Anfang bis Ende des Films gar nichts. Es erschloss sich mir nicht einmal, worum es überhaupt ging. Offenbar hatte ein mir sehr unsympathischer rothaariger Fotograf und Spanner in einem Park heimlich ein Liebespaar fotografiert. Als er das Negativ später entwickelte, war hinter dem Liebespaar eine Leiche zu sehen, was aber letztendlich niemanden weiter interessierte. Alle gingen unentwegt auf irgendwelche Partys. Wolfgang neben mir lachte manchmal laut auf. Am Ende klatschte er. Niemals hatte in Linz irgendjemand nach einem Film im Kino geklatscht. Im Auto auf dem Weg zu seiner Wohnung – er wollte ein paar Bierflaschen holen, damit wir im Englischen Garten statt in der teuren Disco ein paar Bier trinken und über den Film sprechen könnten – sagte er, der Film Antonionis sei eine bissige Satire auf die Konsumgesellschaft. Wir stiegen zu seiner Wohnung im dritten Stock eines alten Hauses hoch und Wolfgang sperrte eine Flügeltür auf. Im Wohnzimmer der großen Wohnung mit sehr hohen Decken spielte ein junger Gott an einem schwarzen Flügel Klavier. Ohne Noten. Es war der schönste Mann, den ich bis dahin gesehen hatte, und auch der erste Mensch, den ich persönlich kennenlernte, der derartig schön Klavier spielen konnte. Er ließ sich von uns nicht unterbrechen und nickte uns nur während des Spiels zu. Ich glaube, ich starrte ihn an. Es war alles so unwirklich wie in dem Film *Blow Up*. Nachdem ich eine Weile dem Klavierspiel zugehört und Wolfgang in der Küche die Bierflaschen geholt hatte und wir bereits wieder unten bei der Haustür waren, rief der schöne Mann, der inzwischen mit dem Klavierspielen aufgehört hatte, über das Treppengeländer hinunter: »Sag deiner blöden Zicke, dass sie ruhig grüßen kann!« Ich glaube, ich wurde feuerrot im Gesicht. Wolfgang, der das wohl bemerkt hatte, rief »Blödmann« zurück. Ich war inzwischen völlig verunsichert und fürchtete mich zudem vor dem Gespräch über den Film, der auch noch satirisch hatte sein sollen. Im Englischen Garten suchte Wolfgang zuerst eine Bank in der Nähe einer Laterne aus, öffnete dann zwei Bierflaschen und reichte mir eine. Ich habe Bier immer schon gehasst. Aber vor lauter Angst vor dem Gespräch, das mir drohte, trank ich einen großen Schluck. Und dann noch einen. Und noch einen. Wolfgang redete die ganze Zeit, aber ich konnte mich nicht konzentrieren. Es roch nach Jasmin. Irgendwann legte ich mich auf die Bank, den Kopf auf Wolfgangs Schoß. Er redete weiter, aber ich verstand nicht mehr, was er sagte. Im Licht der Laterne hinter uns glänzten seine großen braunen Augen. Alles Unangenehme des Abends war plötzlich ausgelöscht. Meine unpassende Kleidung, der Film, den ich nicht verstanden hatte, der schöne klavierspielende Mann, der mich »Zicke« genannt hatte. Stattdessen zoomte ich alles heran, was den Moment ausmachte. Die warme Luft, den Duft nach Jasmin, Wolfgangs braune Augen, die weit geöffnet waren, und den Lichtkegel der Laterne, in dem Insekten schwirrten. Mein Körper dehnte sich, ich meinte jede Pore zu spüren, bis in die Fingerspitzen, so wie ich zwanzig Jahre später meine Schwangerschaft in jeder Pore meines Körpers spüren sollte. Wolfgang redete weiter, fuhr ein paarmal mit der rechten Hand über meinen Kopf. Dann brachen wir auf.

Ungefähr zwei Wochen später in Linz war ein kleiner roter Brief für mich in der Post. Mein Vater war damals gerade das erste Jahr in Pension, und meine Eltern wetteiferten täglich, wer es als erster schaffte, die Post holen, sobald der Briefträger nachmittags gekommen war. An jenem Tag hatte meine Mutter gesiegt. Sie kam fröhlich, die Post schwenkend, bei der Tür herein. Mein Vater sortierte sie. Und da entdeckten sie eben jenen kleinen feuerroten Brief. »An Margit Schreiner« stand auf dem Umschlag und unsere Adresse. Der Absender lautete: WF. Sonst nichts. Meine Eltern sagten kein Wort. Schweigend überreichte mir mein Vater den Brief, mit dem ich sofort in mein Zimmer lief. Zuerst roch ich an ihm, mir kam es so vor, als duftete er nach Jasmin. Dann legte ich mich, wie so oft, seit ich allein in München gewesen war, auf meine Ausziehcouch und dachte an den Park, die Bank und an Wolfgang. Der Brief lag auf meinem Bauch. Im Wohnzimmer, wo meine Eltern saßen, war es ganz still. Als ob sie angestrengt lauschten. Ich beschloss, den Brief erst nachts zu öffnen, wenn sie längst ins Bett gegangen wären, und versteckte ihn unter einem Kissen. Obwohl ich es kaum aushielt, den Brief nicht gleich zu lesen, machte ich meine Hausaufgaben, aß ein paar Brote, unterhielt mich mit meinen Eltern.

Ich fühlte mich so gut wie schon lange nicht mehr. Wahrscheinlich lächelte ich die ganze Zeit. Ich schaffte es sogar, die Mathematikhausaufgaben in kürzester Zeit zu erledigen. Nach dem Abendessen trocknete ich das Geschirr ab. Meine Eltern beobachteten mich still, aber das war mir egal. Abends im Bett wartete ich ungeduldig, bis sie endlich im Schlafzimmer verschwunden waren. Dann holte ich den Brief und meine Taschenlampe hervor. Auch das Briefpapier innen war feuerrot. Der Brief war mit einem schwarzen Stift in einer runden, fließenden Schrift geschrieben und handelte von Wolfgangs Vorstellung, wie wir beide nackt in einer Blumenwiese lägen. Ich weiß nicht, was ich erwartet hatte, das jedenfalls nicht. Ich war total geschockt. Wie kam Wolfgang nur von unserer Bank im Englischen Garten auf die Blumenwiese. Und noch dazu nackt. Er beschrieb im Weiteren dann den ganzen Brief lang, wie wir auf besagter Blumenwiese miteinander schlafen würden und wie wir das alles ganz natürlich, ohne jede Hemmung und Scham täten. Am Briefende stand dann noch, dass wir uns unbedingt so bald wie möglich wiedersehen müssten und dass er eines der kommenden Wochenenden noch vor Semesterbeginn vorschlage. Etwas Lähmendes überfiel mich. Ich legte den roten Brief auf meine Bettdecke, schloss die Augen und versuchte mir vorzustellen, wie Wolfgang und ich in der Blumenwiese lägen. Ich konnte es nicht einmal in der Vorstellung. Nach und nach spürte ich, dass es mir unmöglich wäre, ohne jede Hemmung und ohne jede

Scham am helllichten Tag vollkommen nackt mit Wolfgang auf einer Blumenwiese zu liegen. Wahrscheinlich war ich wirklich total verklemmt! Es widerstrebte mir ja sogar, mit meiner Halbschwester nackt in einer Badewanne zu sitzen, was sie anscheinend liebte und ich nur tat, weil meine Mutter dagegen war. Wenn wir nackt in der Badewanne saßen, verglich meine Halbschwester unsere Busen miteinander. Obwohl ihr Busen ein wenig hing, weil sie immerhin zwanzig Jahre älter war als ich, sagte sie dann immer, dass sie zufrieden sei, sich so gut gehalten zu haben. Das liege sicherlich daran, dass sie täglich jeden Busen zwanzigmal mit einer Bürste abschrubbte. Aus irgendeinem Grund, wahrscheinlich wegen meiner Verklemmtheit, sträubte sich alles in mir gegen solche Gespräche. Einmal wollte sie sogar, dass ich ihren Busen anhebe, um zu bestätigen, dass er für das Alter meiner Halbschwester noch ziemlich straff war.

Am nächsten Morgen versteckte ich Wolfgangs Brief unter einem Stapel Hausaufgabenheften und verließ mein Zimmer. Meine Eltern saßen bereits beim Frühstück. Ich weiß nicht, ob sie mich wieder beobachteten, ich konnte ihnen nicht in die Augen schauen. Ich war ganz sicher, dass meine Eltern niemals etwas Vergleichbares auf einer Blumenwiese getan, ja nicht einmal gedacht hatten. In der Schule, die im Gegensatz zur Universität bereits wieder begonnen hatte, war ich noch unkonzentrierter als sonst. Ich sah immer nur Wolfgang vor mir, der sich in einer bunten Blumenwiese nackt über mich beugte. Ich erzählte nicht einmal meiner Freundin und Sitznachbarin Gabi von dem Brief.

Als ich nach Hause kam, saßen meine Eltern am Wohnzimmertisch. Vor ihnen lag der rote Brief. Ich starrte den Brief und dann meine Eltern an und spürte, wie langsam das Blut über den Hals, das Kinn, den Mund hochkroch, bis mein ganzes Gesicht heiß wurde und brannte. Und ich erkannte, dass es diesmal eine andere Ursache hatte als all die Male davor, wenn ich bei etwas ertappt und dann rot im Gesicht geworden war. Es war eine Art Urscham, die mich befiel, als ich meine Eltern und den roten Brief sah. Sie hatten ihn Wort für Wort gelesen. Es war so demütigend. Mein Vater sah mich mit zusammengekniffenen Lippen, gefurchter Stirn und, ich war sicher, mit Abscheu an, als hätte nicht Wolfgang mir den Brief geschrieben, sondern ich ihm. Meine Mutter hatte die Hände gefaltet wie zum Gebet. Beide redeten auf mich ein, aber ich kann mich an kein Wort, das sie sagten, erinnern. Wahrscheinlich sind ihre Worte damals gar nicht zu mir vorgedrungen. Ich stand einfach nur da und dachte, jetzt werde ich sterben. Nachdem sich meine Starre wieder gelöst hatte, schnappte ich den Brief, zerriss ihn vor den Augen meiner Eltern und spülte ihn anschließend im Klo hinunter. Ich hätte ihn ohnehin nie mehr durchlesen können, nachdem meine Eltern ihn gelesen hatten. In der folgenden Woche sprach ich kein Wort mit meinen Eltern. Meine Mutter lief mir überallhin nach und sagte, der Brief sei ihr zufällig in die Hände gefallen, und mein Vater telefonierte lange mit meiner Halbschwester. Mir war alles egal. Auch Wolfgang.

Einige Jahre später traf ich ihn noch einmal im Studentenheim, in das er inzwischen gezogen war. Meine Halbschwester hatte auf meine Bitte hin die Telefonnummer von seinem Vater besorgt. Das Zimmer im Studentenheim war klein und weiß gestrichen. Es gab eine Kochplatte, ein Waschbecken, einen Tisch mit Sessel und ein schmales Bett. Wir zogen uns schweigend aus und legten uns in das schmale Bett. Aber Wolfgang konnte nicht mit mir schlafen. Er sagte, es läge nicht an mir, sondern an seiner Freundin, die er offenbar nicht betrügen könne.

Wenn ich allein war, schlug ich in der Zeit manchmal mit dem Kopf gegen die Wand oder presste mein Gesicht so lange in das Kopfkissen, bis ich beinahe erstickte. Ich übte auch, lautlos zu schreien. Wäre ich fünfzig Jahre später geboren, ich hätte mich wahrscheinlich selbst verletzt. Aber niemand verletzte sich damals selbst. Außer halbwüchsige Knaben, die als Mutprobe Zigaretten auf ihren Unterarmen ausdrückten.

Eigentlich seltsam, dass ich über diese Zeit der Aufregungen und des Aufruhrs ausgerechnet in der Ruhe und Beschaulichkeit im waldreichen Osten Österreichs, am Rande eines Naturschutzgebietes lebend, berichte. Wahrscheinlich liegt es an meinem Alter. Wie allgemein bekannt ist, lässt das Kurzzeitgedächtnis mit der Zeit nach. Das Langzeitgedächtnis hingegen scheint regelrecht den letzten Schliff zu erhalten. Alte Menschen wissen oft haargenau, was sie in ihrer Kindheit und Jugend vor sechzig oder siebzig Jahren gemacht oder gesagt haben. Bei Familienfesten, besonders unter Einwirkung von Alkohol, erzählen sie oftmals elendslange Geschichten aus einer längst vergangenen Zeit, die jeder der Anwesenden schon x-mal gehört hat. Genau diese seltsame Eigenschaft des alternden Menschen gedenke ich, mir zunutze zu machen. Allerdings ohne jede Familienfeier und ohne Alkohol. Die verschärfte Erinnerungsfähigkeit im Alter kann vielleicht so geschliffen, zugespitzt und abgebeizt werden, dass Ereignisse zum Vorschein kommen, die es gar nicht gegeben hat. Mein Ziel ist die Erinnerung, die die Erinnerungen anderer Menschen mit einbezieht, eine generationsübergreifende Autobiographie sozusagen. Ich erinnere an das Phänomen der Epigenetik. Was mir bleibt, ist die Hoffnung, dass in ihr trotz allem der Funken enthalten ist, der in die Gegenwart springt. Vielleicht liegt die Zukunft ja in der Vergangenheit. Als wir uns noch gespürt haben und das warme Gras unter der Fußsohle, und als wir die Welt noch ändern wollten.

Der Übergang von meiner Existenz als schwarzer Panther eines Maharadschas zur linken Schüler- und Studentenszene von Linz erfolgte von heute aus gesehen beinahe nahtlos. Den Ausschlag gab eine Kleinigkeit. Der berühmte Tropfen, der das Fass zum Überlaufen bringt. In jugendlichem Alter ist es meist irgendeine Ungerechtigkeit. Der Jugendliche, der selbst jederzeit bereit ist, ungerecht über seine gesamte Umgebung zu urteilen, reagiert seinerseits bei Ungerechtigkeiten jeder Art äußerst empfindlich. Zu Recht! Vor der Ungerechtigkeit kommt immer das Verbot.

Kaum jemandem war klar, warum sowohl Lehrer als auch Eltern sich darüber einig waren, das *Café Central* an der Landstraße in Linz zur Tabuzone für die Schüler der Linzer Gymnasien zu erklären. Darum besuchten ja so viele Schüler das *Café Central*. Es hieß, die Schüler würden dort verdorben. Aber inwiefern? Irgendetwas musste dahinterstecken. Gut, eine bekannte Linzer Rockband verkehrte im *Café Central*, aber diese Rockband hatte auch Rockmessen geschrieben, die in echten Kirchen aufgeführt worden waren, konnte also nicht wirklich gefährlich sein. Der Rhythmusgitarrist der Band war eine Schönheit, aber das allein konnte den schlechten Ruf des *Café Central* auch nicht begründet haben. Meine Freundin und Sitznachbarin im Gymnasium, Gabi, und ich besuchten also nach der Schule das *Café Central*, um endlich herauszufinden, was es damit auf sich hatte. Wir tranken jeder ein Glas Coca Cola in der hintersten Ecke des Cafés und bemühten uns, alles im Blick zu haben. Aber es gab nicht viel zu sehen. Eventuell waren die Haare der Schüler und Studenten, die dort saßen, um eine Spur länger als die Haare anderer männlicher Linzer Schüler und Studenten, vielleicht rauchten dort mehr Schüler als in anderen Kaffeehäusern , aber sonst war gar nichts Außergewöhnliches zu bemerken. Das Gerücht ging um, dass die Linzer Schulschwänzer im *Café Central* saßen, während sie die Schule schwänzten, aber das konnten wir weder bestätigen noch widerlegen, weil Gabi und ich nicht Schule schwänzten.

Wahrscheinlich war das Verderbliche am Café gar nicht unmittelbar sichtbar. Möglicherweise wehte bloß irgendwie eine Brise von Freiheit dort, oder es wurden andere Gedanken gedacht als anderswo, oder es war irgendeine geheime Brutstätte für irgendetwas, das Gabi und ich nicht kannten. Nachdem wir jeder unsere Coca Cola ausgetrunken und bezahlt hatten und gerade das *Café Central* verließen, erwischte uns unsere Turn- und Psychologielehrerin Prohaska. (Den Vornamen habe ich vergessen.) Das heißt, die Prohaska erwischte uns nicht wirklich. Sie sah uns nur von der gegenüberliegenden Straßenseite aus. Wir schauten schnell weg und bogen in die nächste Seitengasse ein. Auf der Nachhausefahrt mit der Straßenbahn waren Gabi und ich sicher, dass die Prohaska uns vielleicht kurz gesehen, aber sicherlich nicht erkannt hatte. Da täuschten wir uns. Am nächsten Tag vor der Turnstunde fing sie uns ab und fragte, ob wir im *Café Central* gewesen seien. Es ist immer das Gleiche. Zuerst verbieten sie unausgesprochen etwas, ohne dass man die geringste Ahnung hat, warum eigentlich, dann möchte man den Sachverhalt selbst überprüfen, wobei sie einen erwischen, und am Ende soll man ihnen noch bestätigen, dass sie einen erwischt haben. Es wird ja wohl kaum jemand so bescheuert sein und daraufhin alles zugeben. Jeder halbwegs sensible Charakter wird selbstverständlich leugnen. Nein, sagten Gabi und ich, wir seien nicht im *Café Central* gewesen. Die Prohaska sah uns böse an und wandte sich ab. Wir kleideten uns in der stinkenden Umkleidekabine des Wirtschaftskundlichen Realgymnasiums um und rannten nach der Pfeife der Prohaska wie zu Beginn jeder Turnstunde zum Aufwärmen im Kreis.

Es war eine komische Zeit. Beinahe alles war plötzlich widersprüchlich und brachte mich ständig in Zwiespalt: der Kontakt mit dem anderen Geschlecht, die Schule, die Freizeitgestaltung. Ich wünschte oft die Zeit zurück, in der alles so einfach gewesen war: Die Erwachsenen waren die Erwachsenen und die Kinder die Kinder. Niemand konnte verlangen, dass sich Kinder wie Erwachsene benahmen und die Regeln der Erwachsenen verstanden. Es konnte auch niemand verlangen, dass man die Regeln strikt befolgte. Man befolgt sie oder befolgt sie nicht, aber im Grunde gingen sie einen nichts an. Sie gingen nur die Erwachsenen etwas an, die Regelverstöße mehr oder weniger bestraften. Auch das war normal. Man war kein schlechter Mensch, nur weil man die Regeln nicht einhielt, man wurde lediglich bestraft. Und genau diese Situation hatte sich nun grundlegend gewandelt. Die Erwachsenen erwarteten von den Heranwachsenden, dass sie die Regeln, die diese ja nicht selbst erfunden hatten, nicht nur befolgten, sondern guthießen. Gleichzeitig wurden genau diese Regeln 1968 öffentlich vehement in Frage gestellt. Da die Erwachsenen, um ihre Regeln zu schützen, wie gedruckt logen, führte das zu einem weiteren Zwiespalt. Sie behaupteten solchen Unsinn wie: Alles, was einen nicht umbringe, mache einen nur härter, Frauen seien sensibler als Männer oder Onanie zerstöre das Rückenmark. Ich hatte es so satt. Zumal sie harmlose Notlügen der Heranwachsenden als Verbrechen hinstellten.

Jedes Kind hat ein Bewusstsein. Wahrscheinlich haben sogar meine beiden Katzen ein Bewusstsein ihrer selbst. Was weder Kinder noch Katzen haben, ist ein reflektierendes Bewusstsein, sofern man darunter versteht, dass man überhaupt von seinen Gefühlen, Gedanken etc. als Produkte eines eigenen, ganz subjektiven Ichs weiß. Keine Ahnung, wann genau das entsteht. Ich hatte den größten Schub meines reflektierenden Bewusstseins mit zirka fünfzehn Jahren, nachdem sich der erste Schock über die Zumutungen des Körperlichen gelegt hatte, und sich der Abgrund der Zumutungen des Geistigen auftat.

Mein Bewusstsein reflektierte ununterbrochen. Was eine Belastung ist, wenn man zwischen allen Fronten steht. Oft reflektiert man sich ja ins Out und wünscht sich die Zeit zurück, in der man sorglos mit Bauklötzen spielte.

Zum Beispiel beschäftigte mich die Frage ununterbrochen, ob das, was ich sah, Realität war oder nur die Vorspiegelung der Realität oder nur meine Vorstellung von Realität oder sogar einfach nur Einbildung. Allein die Wahrnehmung selbst war ja eine äußerst unsichere. Das war leicht daran zu erkennen, wie verschieden die Wahrnehmungen meiner Eltern und meine Wahrnehmungen in den allerbanalsten Dingen waren. Und zwar nicht in der Beurteilung von Sachverhalten, sondern im Sachverhalt selbst. Meine Mutter behauptete, die Frau Kutschera aus der Wohnung unter uns habe ein gelbes Kleid angehabt, als sie bei uns zu Sonntagskaffee und Kuchen eingeladen war, mein Vater sagte, das Kleid sei orange gewesen und ich hatte es rot in Erinnerung.

Wenn ich nicht einmal sicher sein konnte, dass ich selbst die Welt sah, wie sie wirklich war, wie konnte ich dann wissen, was die anderen eigentlich sahen? Und verstanden sie überhaupt, was ich über die Realität oder das, was ich für die Realität hielt, sagte? Oder verstanden sie am Ende nur das, was sie verstehen wollten oder konnten? Wie war unter diesen Bedingungen eine Unterhaltung möglich? Und wo war letztlich der Beweis, dass ich überhaupt existierte?

Einige Wochen nach Gabis und meinem Besuch des *Café Central* verteilte ein männliches Wesen mit abgewetzter Lederjacke, schulterlangen, braunen Locken und einem sonnengebräunten Indianergesicht Flugblätter vor unserer Klasse, die damals längst in dem Container am Spallerhof untergebracht war. (Heute ist an der Stelle ein Altersheim.) Die Überschrift lautete: »Kostenloser Nachhilfedienst«. Gabi und ich nahmen uns einen Packen der Flugblätter mit in die Klasse, um sie in der Pause zu studieren. In der Psychologiestunde vor der großen Pause – ich war gerade tief versunken in der Erinnerung an das männliche Wesen mit der abgewetzten Lederjacke, den schulterlangen, braunen

Locken und dem sonnengebräunten Indianergesicht – stapfte die Prohaska direkt auf uns zu, griff in das Fach unter dem Schultisch und zog die Flugblätter hervor. »Freies Lernen für freie Menschen«, las sie vor und »Zieht die Professoren an ihren reaktionären Ohren!«. Der letzte Satz schien die Prohaska besonders zu erzürnen. Sie warf die Flugblätter auf den Boden und drückte ihre Enttäuschung aus. Gabi und ich brauchten eine Weile, um zu erkennen, dass wir es waren, von denen sie enttäuscht war. Die Prohaska sagte nichts und schickte uns zum Direktor. Vom Direktor erfuhren wir dann, dass wir verdächtigt wurden, die Flugblätter im Schulhof verteilt, wenn nicht gar selbst geschrieben zu haben. Wir bestritten das wahrheitsgemäß vehement. Da der Direktor von der Prohaska nur den Hinweis, aber keinen Beweis erhalten hatte, ließ er uns nach einer Weile in die Klasse zurückgehen. Nach der Stunde beteuerten wir Prohaska nochmals, die Flugblätter in der Annahme, es handelte sich um kostenlose Nachhilfe, mitgenommen, aber noch gar nicht gelesen zu haben. Die Prohaska sagte doch tatsächlich: »Wer einmal lügt, dem glaubt man nicht, und wenn er auch die Wahrheit spricht.« Das muss man sich einmal vorstellen: Die Frau war Psychologieprofessorin! Gut, sie unterrichtete auch Turnen, aber das durfte noch lange nicht dahinführen, die Psychologie derart zu vernachlässigen. Das Fass war übergelaufen: Eine unsägliche Wut brach plötzlich aus mir heraus. Die Wut betraf alles: Die Schule, Werner mit seinem bescheuerten Kakadu, den aufdringlichen Markus, den Brief von Wolfgang, die Reaktion der Eltern darauf und natürlich die Prohaska. Meine Welt war zerbrochen. Es galt, sie von Grund auf neu zusammenzusetzen. Unsere Psychologielehrerin hatte mich vom schwarzen Panther eines Maharadschas unmittelbar in die Arme der linken Schüler- und Studentenbewegung von Linz getrieben. Die Metamorphose von einem Tier in einen Menschen durch einen bösen Gott ist selten. Hier war sie gelungen.

Was ich von früher, von meiner Zeit als Panther, beibehielt, war der schleichende Gang. Andeutungen der Gangart eines Panthers sind sogar in meiner nächsten Generation zu finden. Schleichen die Mütter, schleichen auch die Töchter. Manche Menschen nennen das auch schlurfen.

Wer Ende der Sechzigerjahre des vorigen Jahrhunderts als Schüler einmal in Berührung mit linken Schüler- und Studentengruppen gekommen ist, kam davon nicht mehr los. Die Erwachsenen waren Kritik nicht gewohnt. Sie schlugen besinnungslos um sich, wenn man begann, ihre Welt in Frage zu stellen. Es häuften sich von Seiten der Lehrer und Eltern die Ungerechtigkeiten, die schließlich genau zu den kritisierten Zuständen in Schule und Gesellschaft passten, dass der einzelne Schüler sich wunderte, wie er überhaupt, bevor er noch mit der linken Schüler- und Studentenbewegung in Kontakt gekommen war, hatte leben können. Blind und mit Unwissenheit geschlagen. Plötzlich wurde sowohl für die Eltern als auch für die Lehrer jede Frage, ob zum Nationalsozialismus oder zum Kolonialismus, sogar so harmlose wie zur Sinnhaftigkeit des Muttertags, der Notengebung, des Frühjahrsputzes und so weiter zur Provokation. Die Welt war zum Leben erwacht. Es galt, sich mit ihr auseinanderzusetzen.

Das männliche Wesen mit der abgewetzten Lederjacke und dem Indianergesicht ging mir nicht aus dem Kopf. Was mir besonders an ihm gefiel, war die Kombination aus äußerster Zartheit und entschlossener Rebellion. Sein Gesicht war fast mädchenhaft mit den grünen Augen, den hohen Backenknochen und dem vollen Mund. Ich überredete meine Freundin Gabi, nach der Schule heimlich zu der auf dem Flugblatt angegebenen Adresse zu gehen, an der die kostenlose Nachhilfe stattfinden sollte.

Es handelte sich um ein Gewerkschaftsheim. Dort trafen wir auf eine Gruppe von Studenten und Schülern. Das heißt, von den Schülern waren eigentlich nur meine Freundin Gabi und ich und das männliche Wesen mit dem Indianergesicht gekommen. Einer der Studenten – ebenfalls Lederjacke und schulterlange Haare – erklärte uns die Mechanismen des autoritären Schulbetriebs: Statt das Interesse der Schüler zu wecken, Abfragen des Lernstoffes. Statt Entfaltung des Menschen, Notengebung. Statt Entwicklung, Unterdrückung. Konkurrenz statt Solidarität. Genau was wir empfanden! Die Studenten boten uns ein alternatives Lernprogramm an, orientiert an der antiautoritären Schule in Summerhill. Naturgemäß hatten Gabi und ich keine Ahnung von

Summerhill. Wir wurden über die drei Hauptmerkmale der Reformpädagogik aufgeklärt: Selbstverwaltung der Schüler, freiwilliges Lernen und Werkstätten. Sensationell! Elmar, so hieß der Schüler mit dem Indianergesicht, lieh uns ein offenbar stark benutztes Buch über Summerhill. Es war voll Anmerkungen mit roten, schwarzen und blauen Stiften. Gabi und ich lasen, demokratisch abwechselnd, in dem Buch. Einen Tag sie, den anderen Tag ich. Gabi wurde als erste von ihren Eltern beim Lesen erwischt. Sie konnte gerade noch verhindern, dass ihr Vater das Buch zerriss, und gab es mir am nächsten Tag zurück. Sie bekam zwei Wochen Hausarrest. Meine Eltern, die bis dahin einen liberalen Erziehungsstil befürwortet hatten, nahmen es mir zwar ab, nachdem meine Mutter es in meinem Bett gefunden hatte, wo ich nachts mit der Taschenlampe unter der Bettdecke las, aber zu dem Zweck, es selbst zu lesen. Nach zwei Tagen kam mein Vater abends nach dem Abendessen in mein Zimmer. Er setzte sich auf die ausziehbare Couch, ich setzte mich auf meinen Schreibtischstuhl. Mein Vater begann damit, dass er das Modell Summerhill sehr interessant fände, dass es aber in der Praxis undurchführbar sei. Ich wandte ein, dass es seit vierzig Jahren funktioniere. (Was in dem Buch stand.) Mein Vater schüttelte den Kopf. Der junge Mensch, sagte er, sei nicht für Selbstbestimmung gemacht. Er müsse erst einmal etwas über das Leben lernen, bevor er es selbst bestimmen könne. Ich entgegnete, dass man aber in unserer Schule nichts über das Leben lernen würde. Eine Weile argumentierten wir hin und her, dann sagte mein Vater zum ersten Mal mit zusammengekniffenen Lippen, dass er mich, wenn ich in der Schule ohnehin nichts lernen würde, aus der Schule nehmen und in eine Lehre geben würde. Ich erschrak zutiefst. Eine Lehre war das Letzte, das ich wollte. Wenn man eine Lehre machte, musste man womöglich noch früher aufstehen als für die Schule und wurde noch mehr bevormundet. Und außerdem, welche Lehre? »Etwas Nützliches«, sagte mein Vater, »zum Beispiel Schneiderin.« Mir wurde bei der Vorstellung richtiggehend schlecht. Tag für Tag an der rätselhaften Nähmaschine, schweißgebadet über weiße Leintücher gebeugt, die mit Ziernähten aus weißem Garn zu versehen waren. Ich glaube, mir traten sogar Tränen in die Augen. Mein Vater war zufrieden und verließ mein Zimmer. Das Buch über Summerhill ließ er auf meinem Schreibtisch liegen.

Auch in Deutschland gab es da bereits so eine liberale Gesamtschule wie Summerhill, in der die Lehrer geduzt, die Schüler an der Verwaltung und am Unterrichtsstoff beteiligt waren, die Odenwaldschule. Ich kannte damals die Odenwaldschule nicht, aber wenn ich sie gekannt hätte, wäre ich niemals auf die Idee gekommen, dass so ein pädagogisches Paradies Ende der 1990er Jahre ausgerechnet wegen jahrzehntelangen sexuellen Missbrauchs von Schülern durch verschiedene Lehrkräfte an dieser Schule bekannt werden würde. Es war auch 1999 noch ein Schock für mich. Viele bekannte

Schriftsteller wie Klaus Mann oder Wolfgang Hildesheimer, Politiker wie Klaus Gysi (Vater von Gregor Gysi) oder Daniel Cohn-Bendit, Verleger wie Joachim Unseld und Isabella und Konstantin Neven DuMont, Journalisten wie Tilman Jens oder Johannes von Dohnanyi waren Odenwaldschüler, aber auch Kabarettisten, Maler, der Erbe der Kunstsammlung Gurlitt, Cornelius Gurlitt, oder der Magier, Zirkusdirektor und Illusionist André Sarrasani. Sie alle waren hochbegabt und unangepasst, die meisten bis ins hohe Alter. Manche haben sich umgebracht.

Alles, was man in der Pubertät sucht, findet, tut oder nicht tut, kann anscheinend schiefgehen. Überall lauern Gefahren, und gerade der Pubertierende ist der Letzte, der sie wirklich abschätzen kann. Offenbar liegt es am Gehirn. Wie Neurowissenschaftler inzwischen festgestellt haben, ist der präfrontale Cortex der letzte Teil des Gehirns, der fertig ausgebildet ist, und zwar erst im Alter von achtzehn bis zwanzig Jahren. Genau da liegt aber das Zentrum der Impulskontrolle, des Sozialverhaltens und der Handlungsplanung. Im Grunde kann man sagen, dass jeder, der halbwegs unbeschadet durch seine Pubertät gekommen ist, Glück gehabt hat.

Das mit der Lehre sollte mein Vater in Zukunft noch oft wiederholen. Mit der Zeit begriff ich aber, dass für meinen Vater der Gedanke, ich würde statt in die Schule in die Lehre gehen, selbst unerträglich war. Er hatte in seiner Jugend, nachdem er jahrelang, angeblich ohne je lernen zu müssen, Klassenbester im Gymnasium gewesen war, zu dem er übrigens auch noch täglich je eineinhalb Stunden hin- und eineinhalb Stunden zurück hatte zu Fuß gehen müssen, nichts sehnlicher gewünscht, als zu studieren. Aber dazu war seine Familie zu arm gewesen. Seine Versuche, zu arbeiten und nebenbei sein eigenes Fernstudium in Prag zu organisieren, indem er einen Kommilitonen für Mitschriften bezahlte, scheiterten an der Arroganz der Universitätsprofessoren, die Anwesenheit forderten. Mein Vater drohte also im Grunde sich selbst. Und nie im Leben würde er seine Drohung wahrmachen.

Gabis Situation war da unsicherer. Ihre Eltern hätten im Notfall nicht lange gezögert. Der Vater war Arbeiter in der Vöest, die Mutter arbeitete am Fließband in einer Coca-Cola-Fabrik, und ihr Bruder, der zwei Jahre älter war, machte eine Lehre als Automechaniker. Ihr Vater sah übrigens dem Schah von Persien ähnlich. Ich fürchtete mich vor ihm. Gabi musste aufpassen, nicht erwischt zu werden. Was aber andrerseits leichter war als bei mir, weil ihre Mutter ja auch arbeitete und gar keine Zeit hatte, Gabi Tag und Nacht zu überwachen. Was sie nachmittags unternahm, bemerkte kein Mensch. So lange sie gut in der Schule war, hatte sie nicht viel zu befürchten. Gabi gehörte zu den Klassenbesten. Ich nicht. Im Gegensatz zu meinen politischen Ansichten waren schlechte Noten für meinen Vater kein Grund, mich aus der Schule zu nehmen. Er betonte stets, dass für ihn die Hauptsache sei, dass ich fleißig gelernt hätte. Irgendwie war auch das demütigend.

Gabi und ich erzählten in unserer Klasse und in der Parallelklasse jedenfalls begeistert vom Nachhilfeunterricht der Studenten. Beim nächsten Treffen waren wir bereits zu sechst. Auch Elmar hatte ein paar Mitstreiter gefunden. Die Studenten waren zufrieden mit uns. Allerdings kamen sie dann nie dazu, uns mit dem demokratisch-alternativen Unterrichtsstoff bekannt zu machen. Es gab so viel Wichtigeres. Die Zerschlagung der Kleinfamilie zum Beispiel, die Emanzipation der Frau, die Rolle des Staates im Kapitalismus und, und, und. Die beiden Mädchen aus der Parallelklasse, die wir angeworben hatten, waren entsetzt. Wir hatten nicht viel anderes erwartet. Wir waren ursprünglich eine Klasse gewesen, die in der vierten Schulstufe in einen Französisch- und einen Lateinzweig aufgeteilt worden war. Wer wählt schon freiwillig Latein? Die Parallelklasse war durch und durch konservativ. Möglicherweise hatten sie uns sogar an die Professoren verraten. Die Deutschlehrerin jedenfalls begann uns regelmäßig zu prüfen. Das hatte sie vorher nicht getan. Wir rächten uns an der Parallelklasse auf verschiedenste Weise. Indem wir zum Beispiel der konservativsten Schülerin, einer Hermine Obermeyer, Tochter eines Kommerzialrates, was immer das sein sollte, »Was tun?« von Lenin, das Gabi wegen des Titels von ihrem Taschengeld gekauft hatte, in ihr Bankfach legten. Übrigens ohne Ergebnis. Sie wurde nicht erwischt. Lenin war weg. Das faule Ei, das wir im Blumentopf (Hyazinthe!) der Parallelklasse vergraben hatten, musste allerdings mitsamt dem Blumentopf und der Hyazinthe entfernt werden. Auch in dem Fall fiel der Parallelklasse nichts anderes ein, als uns zu verpetzen. Typisch für Konservative. Unser Klassenvorstand hielt uns nach Unterrichtsschluss eine lange Predigt über Freundschaft und Frieden. Ausgerechnet. Bei anderer Gelegenheit, als wir uns über die plötzlichen, unangemeldeten Prüfungen unserer Deutschlehrerin beschwerten, hatte sie uns an das Bibelzitat »Auge um Auge, Zahn um Zahn« erinnert. Überall Widersprüche! Die konservativen Zicken aus der Parallelklasse wären aber ohnehin nicht imstande gewesen, die Friedenspfeife mit uns zu rauchen. Wir waren überzeugt davon, dass keine Einzige von ihnen jemals heimlich eine Zigarette geraucht hatte. Unsere Klassenkämpfe sollten sich bis zur Reifeprüfung durchziehen.

Die Tanzschule hat kaum eine Rolle in meiner Jugend gespielt. Sie war eine Art Zwischenstation. Zwischen meinen Eltern, der Schule und meinem politischen Erwachen. Sie diente hauptsächlich als Platzhalter für viel spannendere Unternehmungen. Ich nehme heute an, dass ich nicht öfter als fünf- oder sechsmal in einem Kurs der Tanzschule war, der immerhin zwei Monate lang wöchentlich stattfand. Irgendwie war das Ganze von Anbeginn an lächerlich. Zirka dreißig Mädchen – die meisten aus meiner Klasse und der Parallelklasse – standen an einer Längsseite des rechteckigen Tanzsaals mit dem spiegelblanken Parkett gleich vielen Knaben an der anderen Längsseite gegenüber. Die Kleidervorschriften der Mädchen waren noch erträglich: Rock und Bluse oder Kostüm oder Hosenanzug, da konnte man schon einigermaßen kombinieren, aber die Kleidervorschriften für die Knaben ließen nicht viel Spielraum: Anzug und Krawatte oder Fliege und weiße Handschuhe. Elmar wäre niemals in diesem lächerlichen Aufzug in einer Tanzschule erschienen. Am schlimmsten war aber die Angewohnheit unseres Tanzschullehrers, vor jedem neuen Tanz in die Hände zu klatschen, woraufhin die Knaben von der einen Längsseite des Tanzsaals ausschwärmten, um ein Mädchen auf der gegenüberliegenden Längsseite zum Tanzen auszusuchen, wie die tüchtigen Hausfrauen Samstagvormittag beim Kolczak das saftigste Stück Fleisch für den Sonntagsbraten. Abgesehen davon, dass es für die zuletzt aufgeforderten Mädchen peinlich war, auf die Rettung durch irgendeinen pickligen übergewichtigen Knaben zu warten, waren die schnellsten nicht unbedingt die sympathischsten Knaben, die langsamsten andrerseits aber oft auch nicht. Es kam zu grotesken Szenen, wenn vor einem Mädchen, das als besonders gutaussehend galt, plötzlich vier außer Atem geratene Knaben standen, die dann, wenn das Mädchen ihrer Wahl einen von ihnen ausgewählt hatte, wie kopflose Hühner hin- und herrannten, um am Ende keinesfalls das dickste oder das hässlichste Mädchen abzubekommen. Ich weiß nicht, ob sich diese schrecklichen Szenen auch heute noch in den Tanzschulen abspielen oder ob man inzwischen eine bessere Form gefunden hat, Tanzpaare zu bilden. Ich kannte einen der Knaben aus meiner kurzen Zeit im Studentenwerk, einer Art katholischer Pfadfinderclub, der sich Gott sei Dank ebenfalls an mich erinnerte und sich den Wettlauf mit der Zeit ersparen wollte, indem er ausschließlich mich zum Tanzen aufforderte. Er hieß Egon und hatte offenbar auch keine Lust, jede Tanzschulstunde zu besuchen. Wir sprachen uns ab und beschlossen von der ersten Stunde an, den Abschlussball gemeinsam zu eröffnen. An den letzten Stunden vor dem Ball nahmen wir dann beide teil, um die Quadrille und den Walzer halbwegs zu beherrschen. Wo Egon die Zeit der geschwänzten Tanzschulstunden verbrachte, weiß ich nicht, ich begegnete ihm jedenfalls kein einziges Mal außerhalb der Tanzschule.

Ich selbst hielt mich entweder im *Café Central* auf oder im *Rosenstüberl*, der damals einzigen Disco in Linz, die später zu zweifelhafter Berühmtheit gelangte, weil sie Harry Belafonte, der in Linz auf dem Weg zu einem großen Konzert in Wien Zwischenstation gemacht hatte und das *Rosenstüberl* besuchen wollte, den Eintritt verweigerte, weil er schwarz war und ihn niemand in der Disco, wo dauernd Harry Belafonte gespielt wurde, erkannte.

Im *Rosenstüberl* musste man nicht warten, ob oder wann man zum Tanzen aufgefordert wurde. Man ging einfach auf die Tanzfläche und tanzte. Die Discjockeys, die die Musik auflegten, verstanden sich damals noch nicht selbst als Musiker, sondern als Animateure. Die Stars jeder Disco waren sie trotzdem damals schon.

Besonders einer. Er hieß Hubsi, hatte lange schwarze Haare und große, traurige Augen, die in merkwürdigem Gegensatz zu seinem ständigen Grinsen standen. Er war absolut mein Typ. Wenn ich ihn nur ansah, wurde mir heiß. Wenn er zufällig in meine Richtung schaute, bekam ich einen Schweißausbruch. Gestärkt durch die Lektüre von *Summerhill*, angeregt durch die Thesen von Selbstbestimmung, Befreiung von Zwängen und der Emanzipation der Frau, entschloss ich mich, Hubsi zu erobern. Aber wie? So ein Discjockey hatte bestimmt nicht *Summerhill* gelesen und deshalb auch keine Ahnung vom Selbstverwirklichungspotential des Menschen. Ich orientierte mich an den Mädchen, mit denen er, hinter seinem Pult stehend, scherzte. Es waren durchwegs blonde, langhaarige Mädchen mit großem Busen. Im ersten Fall war guter Rat teuer. Ich hatte damals kinnlange braune Haare. Eine Perücke konnte ich mir nicht leisten. Der zweite Fall war leicht zu lösen. Ich stopfte in einen der BHs meiner Mutter zwei ordentliche Ballen Watte. Der gelbe Cordrock wurde wieder hochgekrempelt. Das bei einer Wäsche eingegangene rosa T-Shirt, das mir deshalb nur eine Handbreit über den Bauchnabel reichte, packte ich samt den neuen Schminkutensilien in meine Tasche für den Tanzkurs ein. In der Toilette des *Rosenstüberls* zog ich mich um, zerzauste meine Haare und schminkte mich. Ich war selbst erstaunt, als ich mich am Ende im Spiegel sah. Ein völlig fremdes Wesen sah mich aus schwarz umrandeten Augen an. Das fremde Wesen eroberte Hubsi, der gar nicht wusste, wie ihm geschah. Ich drängte mich einfach an den um ihn herumstehenden Blondinen vorbei, setzte mich auf seinen Schoß und küsste ihn. Das versetzte mich augenblicklich in den Rennfahrermodus. Ich weiß nicht, wie weit ich, mitten im *Rosenstüberl*, auf dem Schoß des Discjockeys sitzend, gegangen wäre, wenn er nicht versucht hätte, mit einer Hand unter das bei einer zu heißen Wäsche in der Waschmaschine eingegangene rosa Leibchen zu fahren und den mit Watte ausgestopften Busen zu berühren. Ich sprang auf und lief davon. In der Toilette starrte ich wieder in den Spiegel. Das schwarz geschminkte Wesen lachte schallend, mir selbst war eher übel. Höchster Triumph und schrecklichste Niederlage überlappten sich. Ich war zwar imstande, einen echten Discjockey zu erobern, aber auf Kosten meiner Selbst. Nie würde ich es wagen, auf einer sonnigen Blumenwiese nackt mit jemanden zu liegen, weil sich nackt meine ganze Nichtigkeit offenbaren würde. Und schon gar nicht mit einem Discjockey. Ich wusch mich, zog mich wieder um und schlich heim. Im Bett dachte ich noch lange darüber nach, ob mich je jemand lieben würde, so wie ich war. Der einzige Trost dabei war, dass auch ich wahrscheinlich niemanden lieben würde, so wie er war. Alles würde immer eine Projektion bleiben.

Meine Freundin Gabi zeigte mir eines Tages unter der Schulbank ein zerknautschtes Stück Nylon, das sich schließlich als Präservativ herausstellte. Das Präservativ war ziemlich grauslich und sah total gebraucht aus.

Gabi sagte, sie hätte während einer Geburtstagsparty mit Erich geschlafen, einem Jungen aus ihrem Nachbarhaus, der ihr seither auflauerte. Es sei grauenhaft und sehr schmerzhaft gewesen, und sie wolle Erich nie wieder treffen. Sie sei aber trotzdem heilfroh, es endlich hinter sich zu haben. Da wusste ich, dass es auch für mich Zeit war. Aber keinesfalls sollte mir das gleiche wie Gabi passieren. Es musste jemand sein, den ich nicht kannte und den ich nie wiedersehen würde.

Getan habe ich es dann während unseres Sommerurlaubs ausgerechnet in Caorle. Alles war geplant. Das Hotel, in dem meine Eltern und ich wohnten, hatte eine Disco mit Livemusik. Meine Wahl fiel bereits am Tag unserer Ankunft auf den Bassgitarristen, der eine gewisse Ähnlichkeit mit Hubsi hatte. Nur dass er nicht dauernd grinste. Ich ließ mir Zeit. Die Disco besuchte ich vorerst nicht mehr. Stattdessen legte ich mich eine Woche lang fast ununterbrochen in die pralle Sonne. Die Hitze war mir angenehm und schien die ständigen Zweifel an mir und der Welt aufzusaugen. Mein reflektierendes Bewusstsein blubberte in der Sonne nur ein wenig vor sich hin und schwieg schließlich ganz. Es war eine sehr angenehme Zeit. Manchmal lächelte ich ohne Grund. Alles, einschließlich meiner Eltern, war mir fremd. Das Meer, der Sand und die Touristen, die Muscheln sammelten oder Tretboot fuhren. Nichts ging mich wirklich etwas an, als spielte es sich in einer anderen Welt ab. Schon nach ein paar Tagen war ich rotbraun. Bis auf zwei weiße Streifen, die der Bikini hinterließ. Sogar meine Haare waren von der Sonne ausgebleicht und fast blond. Ich kaufte in der Einkaufsstraße von Caorle heimlich braune Lederimitathotpants und ein gelbes Spaghettiträger-Shirt. Bevor ich in die Disco ging, trank ich an der Hotelbar zwei Campari Soda. Dann betrat ich die Disco und tanzte mit meinen neuen Hotpants und dem Spaghettiträger-Shirt genau vor den Augen des Bassgitarristen, bis die Disco schloss. Nachdem alle Discobesucher schon gegangen waren und ich immer noch herumstand, fragte er mich, ob ich noch irgendwo mit ihm einen Drink nehmen wolle. Ja, sagte ich, bei dir im Hotelzimmer. Er antwortete, dass alle Bandmitglieder hier im Hotel zusammen in einem ziemlich kleinen Zimmer untergebracht seien, aber die meisten nach einem Auftritt ohnehin nicht gleich schlafen gingen. Okay, sagte ich, gehen wir. Der Bassgitarrist sah mich irgendwie versonnen an, dann nickte er. Wir fuhren in den vierten Stock des Hotels, und er sperrte die Hotelzimmertür hinter uns zu. Dann griff er unter dem Bett nach einer Flasche Whisky, aus der wir abwechselnd tranken. Da er keine Anstalten machte, mich auszuziehen, zog ich mich selber aus und legte mich nackt neben ihn. Eine Weile schaute er mich wieder so versonnen an. Dann fragte er mich, wie alt ich sei. Ich sagte, ich sei achtzehn. Was nicht stimmte. Er nickte, nahm noch einen Schluck Whisky und sagte, die beiden weißen Streifen auf meinem Körper sähen schön aus. Ich küsste ihn auf den Mund. Da er meinen Kuss nicht erwiderte, legte ich mich wieder neben ihn. Er tat gar nichts, sondern betrachtete die beiden weißen Streifen auf meinem Körper. Er selbst war am ganzen Körper so weiß, als hätte er noch nie in seinem Leben in der Sonne gelegen. Irgendwann beugte er sich dann doch über mich und küsste mich abwechselnd zuerst lange auf das rechte, dann auf das linke Auge. Ich fand das zwar ein wenig irritierend, da er mich meiner Meinung nach auf den Mund hätte küssen müssen, aber es war nicht unangenehm. Eher beruhigend. Wie er es dabei geschafft hat, sich selbst auszuziehen, habe ich nicht gesehen. Ich hatte ja die Augen geschlossen. Es muss ganz nebenbei geschehen sein. Ich weiß nur noch, dass wir uns plötzlich ineinander verschlungen auf dem Bett wälzten und dass irgendjemand eine Weile an der Tür klopfte und dann wieder ging. Der Bassgitarrist war warm und weich und nach einer Weile waren wir beide ganz verschwitzt, was unsere Körper glitschig machte wie zwei Fische. Unsere Körper passten zueinander. Wenn er mich auf den Hals küsste, passte sein Kopf ganz genau in meine Halsbeuge, wenn er mich mit seinen Armen und Beinen umschlang, war kein einziges Stück Haut meines Körpers unberührt. Mein Mund passte in seine Augenhöhlen, meine Zunge in sein Ohr, meine Finger verschränkten sich vollkommen mit seinen. Sogar als er mich hochhob und mich auf sich setzte, kam mir keinen Augenblick lang der Gedanke, dass irgendetwas, das wir taten, peinlich sein könnte. Im Gegenteil. Nichts störte, keine Bewegung war falsch, nichts tat weh, alles war vollkommen mühelos. Nie hätte ich gedacht, dass es so einfach sein würde, entjungfert zu werden. Ich wünschte mir sogar, wir würden uns immer noch mehr ineinander verschlingen, bis wir ein einziger Körper wären. Ich wusste nicht einmal seinen Namen, aber er war mir vollkommen vertraut. Erst als die anderen Bandmitglieder an die Tür klopften und hereinwollten, ließen wir voneinander ab. Ich zog mich schnell an. Der Bassgitarrist blieb nackt und verschwitzt auf dem Bett liegen.

Es war wie eine Wiedergeburt. Nicht einmal meine Eltern waren mir mehr fremd. Wir hatten noch eine Woche Urlaub in Caorle. Ich spielte wie als Kind mit meinen Eltern, Boccia am Strand, fuhr Tretboot am Meer und sammelte sogar mit meiner Mutter Muscheln. Ich glaube, es war die letzte unbeschwerte Zeit mit meinen Eltern, und wir waren alle drei sehr glücklich. Die Hoteldisco besuchte ich nicht mehr. Wenn ich dem Gitarristen zufällig im Hotel auf dem Gang, im Frühstückssaal oder auf der Terrasse begegnete, sah er mich jedes Mal so versonnen an wie damals in seinem Hotelzimmer. Manchmal lächelten wir uns zu.

Anfang September, nachdem die Schule wieder begonnen hatte, verabredete ich mich mit Elmar in den Trauner Auen, um ihm das Buch über Summerhill zurückzugeben. Die Trauner Auen waren sein Vorschlag gewesen, da er am Rand derselben in einem Vöestwohnblock wohnte. Wir trafen uns genaugenommen an der Straßenbahnhaltestelle Kleinmünchen, von der ein schmaler Pfad direkt in den Auwald führte. Elmar hatte eine große, prall gefüllte Lederaktentasche mit. Die

Trauner Auen waren mir ein wenig unheimlich. Vor Jahren hatte dort ein als Hausfrau verkleideter Mann mit rotem Kopftuch im Frühling drei Frauen beim Bärlauchsammeln überfallen und vergewaltigt. Ein Gerücht lautete außerdem, dass es in den Trauner Auen Wildschweine gebe. Elmar drang ungeachtet dessen tief in den Auwald ein. Er kannte ihn offenbar wie seine Westentasche. An einer bestimmten Stelle, neben einem Seitenarm des Traunflusses, öffnete er seine Ledertasche, holte eine Decke, eine Weinflasche, ein zerknautschtes Päckchen Zigaretten und eine Flöte heraus. Wir setzten uns auf die Decke, und er begann zu spielen. Obwohl es unmöglich sein kann, dass Elmars Flötenspiel besonders schön war – er war noch unmusikalischer als ich –, war ich begeistert. Ein Indianer, der mit gekreuzten Beinen mitten im wilden Auwald sitzt und Flöte spielt, ist einfach unwiderstehlich! Elmar zog dann mit den Zähnen den Korken aus der Weinflasche, und wir tranken abwechselnd daraus und rauchten. Das Licht fiel schräg durch die Laubbäume und zeichnete Kringel auf seine Locken. Er erzählte von den Repressionen seiner Eltern wegen seiner politischen Auffassung. Seine Mutter sperre neuerdings den Kühlschrank zu, wenn er nicht zu den Essenszeiten zu Hause sei. Ich hatte gar nicht gewusst, dass man Kühlschränke zusperren konnte, und fand die Tatsache ungeheuerlich. Nicht dass man Kühlschränke zusperren kann, sondern dass seine Mutter ihn quasi verhungern ließ, wenn er sich nicht konform verhielt. Wenn das so weiter gehe, sagte

Elmar, ziehe er in Richards Kommune. Richard war einer der Studenten vom Nachhilfeunterricht. Das heißt, er war eigentlich Lehrer in der Hauptschule in Kleinmünchen, die damals schon wegen gewalttätiger Jugendlicher in Verruf war, und studierte nebenbei Sozialpädagogik und Politologie. Richard hatte ein Kind mit Maresi, das laut Elmars Auskunft ohne alle Repressionen in der Kommune aufwuchs. Ich hatte auch nicht gewusst, dass es in Linz eine Kommune gab. Elmar versprach mir, mich einmal dorthin mitzunehmen. Dann kramte er aus seiner riesigen Lederaktentasche eine alte, zerfledderte Ausgabe des Kommunistischen Manifests von Marx und Engels hervor. Wir streckten uns auf der Decke im Auwald aus, Elmar lag auf dem Bauch, ich auf dem Rücken, und er las mir eine Passage vor.

»Werft ihr uns vor, dass wir die Ausbeutung der Kinder durch ihre Eltern aufheben wollen? Wir gestehen dieses Verbrechen ein. Aber, sagt ihr, wir heben die trautesten Verhältnisse auf, indem wir an die Stelle der häuslichen Erziehung die gesellschaftliche setzen. Und ist nicht auch eure Erziehung durch die Gesellschaft bestimmt? Durch die gesellschaftlichen Verhältnisse, innerhalb derer ihr erzieht, durch die direktere oder indirektere Einmischung der Gesellschaft, vermittelst der Schule usw.?

Die bürgerlichen Redensarten über Familie und Erziehung, über das traute Verhältnis von Eltern und Kindern werden umso ekelhafter, je mehr infolge der großen Industrie alle Familienbande für die Proletarier zerrissen und die Kinder in einfache Handelsartikel und Arbeitsinstrumente verwandelt werden.

Aber ihr Kommunisten wollt die Weibergemeinschaft einführen, schreit uns die ganze Bourgeoisie im Chor entgegen.

Der Bourgeois sieht in seiner Frau ein bloßes Produktionsinstrument. Er hört, dass die Produktionsinstrumente gemeinschaftlich ausgebeutet werden sollen, und kann sich natürlich nichts anderes denken, als dass das Los der Gemeinschaftlichkeit die Weiber gleichfalls treffen wird.

Er ahnt nicht, dass es sich eben darum handelt, die Stellung der Weiber als bloße Produktionsinstrumente aufzuheben.

Übrigens ist nichts lächerlicher als das hochmoralische Entsetzen der Bourgeois über die angebliche offizielle Weibergemeinschaft der Kommunisten. Die Kommunisten brauchen die Weibergemeinschaft nicht einzuführen, sie hat fast immer existiert.

Unser Bourgeois, nicht zufrieden damit, dass ihnen die Weiber und Töchter ihrer Proletarier zur Verfügung stehen, von der offiziellen Prostitution gar nicht zu sprechen, finden ein Hauptvergnügen darin, ihre Ehefrauen wechselseitig zu verführen.

Die bürgerliche Ehe ist in Wirklichkeit die Gemeinschaft der Ehefrauen. Man könnte höchstens den Kommunisten vorwerfen, dass sie an Stelle einer heuchlerisch versteckten eine offizielle, offenherzige Weibergemeinschaft einführen wollten. Es versteht sich übrigens von selbst, dass mit Aufhebung der jetzigen Produktionsverhältnisse auch die aus ihnen hervorgehende Weibergemeinschaft, d. h. die offizielle und nicht offizielle Prostitution, verschwindet.«

Ich war beeindruckt. Das war ja bereits vor Ewigkeiten geschrieben worden. Wie war es der Gesellschaft nur gelungen, uns diese sensationellen Erkenntnisse zu verschweigen? Das Paradies, aus dem der Mensch vertrieben worden war, erfuhr ich weiter, war eine Welt der Sammler und Jäger ohne Privateigentum, und nur durch die Sesshaftigkeit und den Besitz an Privateigentum war die bürgerliche Ehe und damit die Unterdrückung der Frau und der Kinder entstanden. Die Blätter der Laubbäume über uns funkelten orange, rot, dunkel- und silbergrün, Vögel zwitscherten, und aus dem stehenden Gewässer des Seitenarmes der Traun neben uns quakten Frösche. Es war Spätsommer, und glitzernde Spinnweben hingen an den Gräsern und Büschen.

Als ich nach Hause kam und auf die Frage meiner Mutter, wo ich gewesen sei, antwortete, ich hätte mich im Kaffeehaus mit drei Schulkolleginnen getroffen, zupfte meine Mutter zwei kleine knallrote Blätter aus meinen Haaren am Hinterkopf und fragte, ob es im Kaffeehaus Laub geregnet habe. Es war nicht zu fassen. Hatte es nicht gereicht, dass meine Eltern vor gar nicht allzu langer Zeit mein Zimmer nach einem kleinen roten Brief durchstöbert hatten, wollten sie mich jetzt schon am helllichten Tag überwachen? Ich erklärte ihr die Sache mit den Jägern und Sammlern und dem Privateigentum und dass daraus nur eine restriktive Familienstruktur entstehen könne, die schließlich zu einem Überwachungsstaat führen würde, und sie erzählte es am Abend meinem Vater weiter. Er habe kein Privateigentum, sagte mein Vater später zu mir – wir saßen wieder auf meiner Ausziehcouch (er) und auf meinem Schreibtischsessel (ich) –, außer den Möbeln und seinem Auto. Einen Moment lang war ich mir tatsächlich nicht sicher, ob das reichen würde, um zur Monogamie, der Unterdrückung der Frau und der Kinder und letztendlich zum Überwachungsstaat zu führen. Aber da machte mein Vater einen Fehler. Er sagte, er wünsche, dass ich mich nicht mit irgendwelchen Langhaarigen in der Trauner Au träfe. Was war da los? War mein Vater mir heimlich mit dem Auto hinterhergefahren, um mich zu bespitzeln? Mir lief es eiskalt den Rücken hinunter. War er mir womöglich sogar in die Au nachgeschlichen und hatte mit dem Fernglas beobachtet, wie Elmar in der Au gesessen und Flöte gespielt hatte? Die Vorstellung war abstoßend. Sie färbte im Nachhinein alles grau ein, was hell und glänzend gewesen war. Ich spürte aber darin auch die Schwäche meines Vaters. Eigentlich spürte ich sie schon lange. Mein Vater und ich hatten in meiner Kindheit oft gegeneinander gekämpft, um zu sehen, wer der Stärkere war. Ich hatte versucht, ihn aus dem Sessel zu zerren oder aus dem Zimmer zu drängen, wobei er gelacht und ich alle meine Kraft eingesetzt hatte. Es war mir trotzdem lange Zeit unmöglich gewesen, ihn auch nur ein kleines Stück aus dem Sessel hochzuzerren oder ihn ein paar Zentimeter weit in Richtung Wohnungstür zu schieben. Am Ende hatte er mich aber immer gewinnen lassen. Eines Tages hatten wir wieder gekämpft. Mein Vater hatte wieder gelacht, und ich hatte wieder alle meine Kräfte eingesetzt. Plötzlich spürte ich, dass ich nicht nur in der Lage wäre, meinen Vater bis zur Wohnungstür zu schieben, sondern sogar, ihn zu Fall zu bringen. Es war entsetzlich. Ich wusste plötzlich, dass mein Vater ein alter, gebrechlicher Mann geworden war. Ich ließ ihn gewinnen. Wir kämpften daraufhin nie mehr. Mein Vater sagte mir auf den Kopf zu, dass ich in meiner Naivität und Unwissenheit einer ideologisch radikalen Studentengruppe, die im Gewerkschaftsheim, unter dem Vorwand des Nachhilfeunterrichts ihren politischen Nachwuchs heranziehe, aufgesessen sei, die mich, wie er sehr wohl wisse, bereits seit geraumer Zeit indoktriniere. Ich überlegte kurz, ob ich meinen Vater gewinnen lassen sollte. Aber sein Gesicht war vor Wut dunkelrot und ganz verzerrt, als er schrie, dass er mir auch verbiete, jemals wieder ins Gewerkschaftsheim zu gehen. Da lachte ich hysterisch und mein Vater gab mir eine Ohrfeige. Bereits die zweite nach dem Desaster mit Werner in Caorle. Das hatte er während meiner ganzen Kindheit nicht getan. Damit hatte er einen Kampf eröffnet, den er auf Dauer nur verlieren konnte. Meine Mutter kam herbeigeeilt, um uns zu beruhigen. Das war von da an ihre Rolle: Zuerst verpetzte sie mich an meinen Vater, und dann versuchte sie, unseren Streit zu schlichten.

In der Schule nahmen die Repressionen ebenfalls zu.

Die Deutschlehrerin begann uns zu siezen. Was ja angenehm hätte sein können, wenn sie es nicht aus reiner Bosheit getan hätte. »Sie wollen ja offenbar demokratischen Unterricht«, sagte sie auf unseren Vorschlag, ihre seit neuestem willkürlichen Prüfungen vorher anzukündigen, »dann werde ich Sie auch als Erwachsene behandeln.« Die Prüfungen kündigte sie trotzdem nicht an. Sie behandelte uns weiterhin wie Kleinkinder, nur dass sie uns jetzt siezte und nichts mehr von ihrem Freund mit dem Motorrad erzählte. Die Prohaska hatte nicht einmal die Haltung, uns zu siezen. Mit hochmütiger Miene verkündete sie, dass sie beschlossen habe, dass wir unser Klassenzimmer in Selbstorganisation verschönern sollten. Worunter sie Malen, Basteln und Blumentöpfe aufzustellen verstand. Edith Faustner, die dickste in unserer Klasse, wurde im Turnunterricht nicht mehr nur ermahnt, sondern bekam ein »Genügend« statt einen »Zweier« ins Zeugnis. Das verstanden unsere Lehrer unter Demokratie.

Ich weiß, dass Elmar und Herbert mit aufklebbaren Bärten im Rucksack mit dem Postbus ins Mühlviertel fuhren, wo sie sich dann in einer öffentlichen Toilette die Bärte aufklebten. Elmar hat es mir später selbst erzählt. Er sagte, dass sie weit genug von Linz wegfahren mussten, erstens, weil sie dort niemand kannte, und zweitens, weil die Bärte sich manchmal lösten, so dass so ein Bart zum Beispiel plötzlich auf einer Seite schief herabhing. Was irgendwo auf dem Land offenbar halb so peinlich war wie in der Stadt. Ich weiß auch, dass Elmar und Herbert auf »Aufriss« gingen. So nannte man damals das Ansprechen und – wenn möglich – Abschleppen von potentiellen Objekten der Begierde. Ich glaube aber nicht, dass sie viel Erfolg hatten. Elmars Masche war, den Mädchen von hinten zum Beispiel auf die linke Schulter zu tippen, selbst aber hinter der rechten Schulter zu stehen. Wenn die Mädchen sich dann nach links umdrehten und verwirrt umsahen, fragte er von rechts: »Sind Sie zufällig Fräulein Hrdlicka?« Das kann doch keinen Erfolg gehabt haben. Herbert hat sich angeblich an den Straßenrand gestellt. Kam ein passendes Mädchen vorbei, fragte er, ob es ihm helfen würde, die Straße zu überqueren. »Ich trau mich nicht alleine«, soll er gesagt haben. Ich kann mir auch in diesem Fall nicht vorstellen, dass die Aktion jemals von Erfolg gekrönt war. Herbert hatte in meiner Erinnerung stets einen zotteligen langen Mantel und klobige Bergschuhe an. Er wirkte eher wie ein Bär im Yellowstone Park, der sich in die Stadt verirrt hat, als wie ein schüchterner Verehrer. Elmar trug übrigens damals gerne einen braungrünen Parka mit einer weißen fünfstelligen Gefängnisnummer auf dem Rücken, dazu weiße Handschuhe. Beide waren langhaarig. Elmar hatte Locken wie Albrecht Dürer auf seinem Selbstbildnis, Herbert schnittlauchglatte schüttere Haare bis fast zur Hüfte. Frau Kutschera, die unter unserer Wohnung in der Muldenstraße wohnte, sagte einmal zu meiner Mutter, es hätten zwei Halbstarke vor unserem Haus herumgelungert, die so furchterregend ausgesehen hätten, dass sie, vom Einkaufen kommend, ihnen vor Schreck beinahe freiwillig ihre Geldbörse gegeben hätte. Aber die Frau Kutschera war kein Maßstab. Sie übertrieb immer. So behauptete sie auch, dass ich die ideale Figur zum Tragen von Minikleidern hätte. »Nur die Brigitte Bardot und die Margit«, sagte sie, wobei es mir stets ein Rätsel war, wie sie auf die Idee kam, mich mit Brigitte Bardot zu vergleichen. Meine Mutter lud die Frau Kutschera immer öfter zum Kaffee ein. Ich glaube, die Art der Frau Kutschera, alles zu übertreiben, tröstete sie damals ein wenig über meine Entwicklung hinweg. Frau Kutschera stammte ursprünglich aus dem böhmischen Adel und hatte ihre Hochzeitsreise vor vierzig Jahren zu den Bäreninseln gemacht. Die Eisbären sind vor Schreck ins Wasser gesprungen, wenn sie uns sahen, sagte sie. Ihr Mann, ein Fabrikant, hatte nach dem Zweiten Weltkrieg, aus der Tschechoslowakei vertrieben, alles verloren und arbeitete nun als Prokurist in der Vöest.

Aber zurück zu Elmar und Herbert. Die einzige wirkliche Eroberung, die Herbert damals meines Wissens machte, war meine Brieffreundin Veronique aus Chartres. Veronique war in der Schule schlecht in Deutsch, und ich war schlecht in Französisch. Anlässlich eines

Campingaufenthaltes der gesamten Familie Veroniques in Österreich hatten unsere Eltern einander kennengelernt und beschlossen, dass ihre Töchter in den kommenden Sommerferien abwechselnd für je drei Wochen in der Familie des jeweils anderen verbringen sollten. Madame hatte dabei so viel und so schnell geredet, dass mein Vater, der sein Französisch erst mühsam wieder aktivieren musste, fast gar nicht zu Wort kam. Monsieur übrigens auch nicht. Meine Mutter sprach kein Französisch. Meine Eltern waren heilfroh, als die Familie Veroniques nach ein paar Campingtagen in Linz wieder abreiste. Ich fuhr in den darauffolgenden Sommerferien als erste nach Chartres. Es war für mich ein Horror. Madame, deren Äußeres mich an eine Schildkröte erinnerte, erlaubte wegen der vielen Verantwortung, die sie trug, nicht, dass Veronique und ich auch nur einen einzigen Schritt alleine außer Haus gingen. Wir mussten unter ihrer Aufsicht im Haus bleiben, wo wir ununterbrochen aßen. Alleine das Mittagsessen, zu dem Monsieur von der Arbeit nach Hause kam, dauerte gut drei Stunden. Madame begleitete uns sogar zum Briefkasten, wo ich verzweifelte Briefe über meine Gefangenschaft an Elmar einwarf. Als Veronique anschließend an meinen Besuch in Chartres für drei Wochen mit mir nach Linz kam, waren meine Eltern froh, mich ohne womöglich durch Madame verursachte größere Verhaltensauffälligkeiten, zurückzuhaben. Sie erlaubten Veronique und mir alles. Wir gingen schwimmen, ins Kino, in Linz spazieren, und wir trafen Elmar und Herbert in den Trauner Auen. Herbert war sofort von Veronique begeistert. Sie war groß, hatte einen mächtigen Busen und hüftlange braune Haare. In gewisser Hinsicht ähnelten die beiden sich sogar. Genau weiß ich nicht, was Veronique und Herbert in den Trauner Auen taten. Ich kümmerte mich nicht um sie, sondern widmete mich ausschließlich Elmar, den ich in den drei Wochen sehr vermisst hatte. Manchmal hörten wir Zweige knacken von weither, manchmal seltsame Laute. Veronique wurde jedenfalls in Linz von Tag zu Tag fröhlicher. Nachdem sie nach drei Wochen wieder heimgereist ist, habe ich nichts mehr von ihr gehört.

Die Situation in meiner Familie spitzte sich wie in der Schule immer mehr zu. Eines Tages, als ich von der Schule nach Hause kam, machte mein Vater sich an dem Fenster meines Zimmers zu schaffen. Ich hatte rote Aufkleber mit der schwarzen Aufschrift »Erzieht die Erzieher«, die uns die Studenten im Gewerkschaftsheim mitgegeben hatten, ans Fenster geklebt, die offenbar nicht abzuschaben waren. Ich hatte keine Ahnung gehabt, dass sie so gut klebten. Mein Vater verwendete Seifenlauge, ein Messer und reinen Alkohol, um die Aufkleber zu lösen. Als er mich sah, schrie er herum. Dass er in meinem Alter froh gewesen war, dass er überhaupt ein Gymnasium hätte besuchen dürfen und dass er mich aus der Schule nehmen und eine Lehre machen lassen würde, wenn ich mich weiter so unverschämt verhielte. Ich schrie zurück, dass er das ruhig tun solle, ich hätte die Schule sowieso satt, und es wäre mir eine Ehre, mich der Arbeiterklasse anzuschließen. Mein

Vater stürmte daraufhin aus meinem Zimmer und warf die Tür hinter sich zu. Ich kochte ebenfalls vor Wut, war aber erleichtert, dass ich überhaupt wieder etwas empfand. Auf meinem Fenster klebten Reste der roten Aufkleber, und die Scheibe rundherum war zerkratzt.

Es blieb mir nichts anderes übrig, als in den Untergrund zu gehen. Der Untergrund war ein Keller in der Humboldtstraße, in dem eine Druckmaschine stand. Dort gaben wir eine revolutionäre Schülerzeitung heraus. Wir schrieben die Artikel auf Matritzen, und einer der Studenten druckte sie dann.

Ich hatte wochenlang während des Handarbeits-, Musik-, Zeichnen- und Religionsunterrichts unter der Bank an meinem Artikel über die Rolle der Arbeiterklasse im Spätkapitalismus gearbeitet. Zu Hause traute ich mich nicht, da meine Eltern, wie sich erwiesen hatte, ja sogar meinen Schreibtisch durchsuchten. Als ich meinen Artikel für die Schülerzeitung fertig hatte und ihn abschließend noch einmal durchlas, kam er mir sehr unbeholfen vor. Quasi ein Schulaufsatz zu einem ungewöhnlichen Thema. Ich überlegte, woran das liegen könnte, und kam zu dem Schluss, dass jeder ernst zu nehmende Artikel eine gewisse Anzahl von Fremdwörtern enthält. Meiner nicht. Also nahm ich das Fremdwörterbuch meines Vaters in die Schule mit und ging meinen Artikel während der Musikstunde noch einmal dahingehend durch, welche Wörter durch Fremdwörter zu ersetzen seien. So kam ich auf eine stattliche Anzahl. Ich weiß nicht mehr, welche Wörter ich alle durch Fremdwörter ersetze, ich weiß nur noch, dass ich statt Ursprung Deszendenz, statt Kapital Mammonismus, und statt »Der Endsieg der Arbeiterklasse« »Das Telos der Arbeiterklasse« schrieb. Elmar las meinen Artikel vor Drucklegung noch einmal durch und übersetzte alle Fremdwörter, die ich mit Mühe im Fremdwörterbuch meines Vaters gefunden hatte, wieder zurück ins Deutsche. Nur bei »Mammonismus« zögerte er kurz und fragte, ob ich dabei Bezug auf die Bibel nähme. Da mir das Wort »Mammonismus« völlig unbekannt war, bevor ich es im Fremdwörterbuch gefunden hatte, verstand ich die Frage nicht. Die Bibel schien mir allerdings in Zusammenhang mit dem Endsieg der Arbeiterklasse völlig unpassend, also verneinte ich, und Elmar schrieb wieder Kapital an die Stelle. Woher Elmar die Fremdwörter alle kannte, war mir ein Rätsel. Er war nur eineinhalb Jahre älter als ich. Wahrscheinlich war er ein Genie. Er hatte Beckett, Camus und Ionesco gelesen. Um irgendwie mitreden zu können, kaufte ich mir von dem Geld, das ich zu Weihnachten regelmäßig von meinem Onkel aus Amerika geschickt bekam, *Der Fremde* von Camus, den ich nachts im Bett mit Taschenlampe las, obwohl ich keine Ahnung hatte, was die Geschichte eigentlich bedeuten sollte. Ich staunte sehr, als Elmar mir erklärte, dass es sich dabei um das Gefühl der Entfremdung in der spätkapitalistischen Gesellschaft handelte.

Mein Vater war damals die meiste Zeit total übersäuert. Wenn er Frankfurter Würstel aß oder Wurstsalat mit Essig und Öl, seine Lieblingsspeise, bekam er Magenschmerzen. Meine Mutter musste unseren gesamten Essensplan umstellen. Besonders gefährlich für ihn war Gurkensalat. Ich weiß noch, dass er manchmal mitten im Wohnzimmer einen Kopfstand machte, um die Magensäure abfließen zu lassen, wie er sagte. Plötzlich kam er mit dem Vorschlag, einen Hund anzuschaffen. In meiner ganzen Kindheit hatte ich mir nichts mehr gewünscht als einen Hund. Aber das war für meine Eltern meine gesamte Kindheit lang nicht infrage gekommen. Alle möglichen Ausflüchte waren gefunden worden: Dreck, zu große Verantwortung, Urlaubsplanungen, finanzielle Ausgaben für Hundefutter, Tierarzt etc. Ich hätte meine Seele verkauft für einen Hund. Aber mittlerweile wollte ich keinen mehr. Mir war klar, was ein Hund für mich bedeuten würde: Nach der Schule sofort nach Hause gehen und eine Runde mit dem Hund drehen, ihn anschließend reinigen, pünktlich um sechs Uhr abends zu Hause sein, um den Hund zu füttern, anschließend zu Hause bleiben, um acht Uhr eine letzte Runde vor dem Schlafengehen drehen, dann ab ins Bett, ja, der Hund schläft bei dir. Ich hätte ihn ja nicht einmal ins Gewerkschaftsheim mitnehmen können. Vor dem Gewerkschaftsheim hing ein Schild, auf dem ein Hund mit Leine abgebildet war. Darunter stand: Wir müssen draußen bleiben. Bei Demonstrationen hätte ich ihn auch nicht mitnehmen können, weil ein Hund den Lärm der Lautsprecherchöre nicht ausgehalten hätte. Außerdem hätte ich ihn nie der Polizeigewalt ausgeliefert. Nein, ein Hund kam nicht mehr infrage. Dafür war es zu spät. So kam ich auf die Idee mit der Kakteensammlung. Kakteen sind genügsame Pflanzen. Man muss sie nicht pflegen. Sie halten es ja sogar in der Wüste aus, wo sie bekanntlich wochen-, wenn nicht monatelang gar kein Wasser bekommen. Regnet es irgendwann dann doch, entfalten sich die prächtigsten Blüten in Pink, Gelb, Rot oder Schneeweiß. Ich stellte es mir sehr schön vor, eines Tages von der Schule heimzukommen und eine Oase voll Blüten vorzufinden. Also zog ich los und investierte das Weihnachtsgeld von meinem Onkel Frank aus Amerika, das stets in Dollars in einem Umschlag ankam und so unter dem Christbaum lag, in eine Kakteenzucht. Nachdem ich die Dollarnoten in der oberösterreichischen Sparkasse in Schilling umgetauscht hatte, fuhr ich mit dem Bus nach Leonding, wo sich das erste große, preiswerte Blumengeschäft in Linz befand. Besonders die ganz kleinen Kakteen waren sehr billig. Und sie würden ja wachsen. Langsam zwar, aber unaufhörlich und vor allem: ganz ohne mein Zutun. Ich erstand sechzehn verschiedene Kakteen, die ich in einem Rucksack und zwei Nylonsäcken transportierte und daheim auf meinem Fensterbrett aufstellte. Meine Mutter war zwar dagegen, weil man auf diese Weise das Fenster nicht mehr zum Lüften öffnen konnte, aber das war mir egal. Meine Mutter hatte sich zur Angewohnheit gemacht, in so einem Fall ein paar Tage zu schweigen. Das heißt, sie reagierte weder auf Anreden noch auf Wutanfälle, sondern schaute einfach weg, so, als wäre ich gar nicht da. Angeblich hatte das bereits ihre eigene Mutter so gemacht, und es sei stets die schlimmste Bestrafung für sie gewesen. Selbstverständlich durchschaute ich die Schweigefolter sehr schnell und tat meinerseits so, als würde meine Mutter gar nicht schweigen. Ich teilte ihr sogar mehr als sonst mit. »Ich gehe jetzt zur Vollversammlung der Schülerinitiative«, sagte ich zum Beispiel und wünschte ihr noch einen schönen Nachmittag. Am Abend lobte ich das Abendessen und schaute mit meinem Vater, dem die Schweigefolter gänzlich unbekannt war, Nachrichtensendungen oder Filme im Fernsehen. Naturgemäß hielt meine Mutter das Schweigen nicht lange durch, insbesondere, da mein Vater und ich uns während der Schweigezeit bestens unterhielten. So blieben die Kakteen auf meiner Fensterbank stehen und in meinem Zimmer entwickelte sich aufgrund der abgestandenen Luft eine muffige Atmosphäre. Eines Tages, als ich von einer Studentendemonstration zurückkam – es war um die Bekämpfung des US-Imperialismus gegangen –, blühten drei Kakteen auf einmal. Ich lag lange Zeit auf meinem Bett und starrte die großen, dickblättrigen Blüten an, von denen sogar ein wunderbarer süßlicher Geruch ausging. Die Konturen der Fensterbank verschwammen, die Farben der Blüten breiteten sich im ganzen Zimmer aus, krochen die Wände hoch und über den Schreibtisch, und ich träumte in der Dämmerung von alles verschlingenden Urwäldern, sich immer weiter ausdehnenden Sandwüsten und den im Sonnenuntergang rot verfärbten Naturmonumenten der Steinwüsten. Es war ein bisschen, als hätte ich einen Joint geraucht, was ich zu Hause nie gewagt hätte. Vergangenheit, Gegenwart und Zukunft wurden eins. Ich beschloss, bis zur Reifeprüfung durchzuhalten und dann Österreich möglichst schnell den Rücken zu kehren und in die Welt hinauszuziehen. Da aber die stickige Luft in meinem Zimmer sowohl meinen revolutionären Aufbruchsgeist hemmte als auch meine Merkfähigkeit, was die Prüfungen anbelangte, schaffte ich alle paar Tage die sechzehn Kakteen von meiner Fensterbank auf meinen Schreibtisch und lüftete ordentlich durch. Manchmal stand ich dann am Fenster, atmete tief durch und spürte, dass ich nur so imstande wäre durchzuhalten, bis eine neue, selbstbestimmte Zeit für mich anbräche. Die Kakteen mochten das ständige Umstellen offenbar nicht oder sie verabscheuten nur die frische Luft, jedenfalls gingen bald darauf alle sechzehn Kakteen ein.

Elmar hatte drei Schüler dazu gebracht, regelmäßig den Nachhilfeunterricht zu besuchen: Seinen Freund Herbert aus dem Vöest-Häuserblock in Kleinmünchen, der eine Handelsakademie besuchte, den schönen Ronny, Schüler einer Höheren Technischen Lehranstalt, und Elmars Klassenkameraden Alfons, der außerdem Mitglied in einem Judo- und in einem Feitelclub war. (Ein Feitel ist ein Taschenmesser und ein Feitelclub folglich ein Taschenmesserclub. Keine Ahnung, was man in einem Feitelclub macht. Alfons verriet uns nur, dass der Besitz und das ständige Bei-sich-Tragen eines Taschenfeitels die Bedingung zur Aufnahme in dem Club sei.) Aus meiner Klasse kamen inzwischen regelmäßig meine Freundin Gabi, Birgit Bauer und Ingrid Koller. Manchmal kamen auch Ilse und Babsi dazu. Gabi, Ingrid, Ilse und Babsi waren Vorzugsschülerinnen, ich war Durchschnitt, und Birgit Bauer war neu in unserer Klasse, weil sie sitzengeblieben war. Sie hatte ein pockennarbiges Gesicht und reparierte in ihrer Freizeit Mopeds aus ihrer Nachbarschaft. Aus unerfindlichen Gründen suchte sie ständig meine Nähe und machte alles mit, was ich machte. Der schöne Ronny, der ein Auge auf meine Freundin Gabi geworfen hatte, schlug eines Tages ein Kapitalarbeitskreiswochenende, getarnt als Schiwochenende, im Mühlviertel vor. Der Vorschlag wurde sofort mit Begeisterung aufgenommen. Ingrid aus meiner Klasse kannte den Sohn eines Pensionsbesitzers in Hellmonsödt. Sie wollte die Reservierung der Zimmer übernehmen. Offiziell nur für uns vier Mädchen. Unser Plan war, nach Geschlechtern getrennt anzureisen. Zuerst wir Mädchen, chauffiert von meinem Vater, der inzwischen allen meinen Unternehmungen gegenüber misstrauisch war. Wir würden vor den Augen meines Vaters jeweils zu zweit ein Zimmer beziehen. Gabi und ich, Ingrid und Birgit Bauer. Sobald mein Vater wieder abgereist wäre, träfen dann die Jungs ein, und wir tauschten die Zimmer: Der schöne Ronny und Gabi, Elmar und ich, Birgit Bauer und Herbert. Für Ingrid war Alfons vorgesehen, was jedoch nicht klappte. Ingrid verschwand sofort nach unserer Ankunft mit dem Sohn des Pensionsbesitzers, und Alfons blieb mit seinem Feitel allein. Er war dann der Einzige von uns, der wirklich Schi fuhr. Die Abreise sollte dann wieder getrennt vonstatten gehen. Zuerst die Jungs mit dem Bus. Uns sollte Sonntagabend Gabis Vater abholen, der zweitmisstrauischste der Väter. Genauso war es dann auch.

Ich war total aufgeregt. Wenn die Sache aufflog, würde mein Vater mich vielleicht doch aus der Schule nehmen und in eine Lehre stecken. Ich hatte die ganze Fahrt lang eiskalte Hände und schaute schweigend aus dem Fenster auf eine tief verschneite Landschaft. Ingrid war die Entspannteste von uns vier. Sie lotste meinen Vater durch Hellmonsödt zur *Pension Abendruh*, die am Ausgang des Ortes lag. Die Pension machte einen ausgesprochen rustikalen Eindruck. Neben der Tür stand ein Wurzelzwerg, darüber hing ein handgeschnitztes Kruzifix. Mein Vater trug mein Paar Schi persönlich in die Pension, wahrscheinlich, um sich umzuschauen und mit dem Wirt ins Gespräch zu kommen. Was auch gelang. Ich zitterte, dass der Wirt sich verplappern würde, aber er war von seinem Sohn offenbar so gut präpariert, dass er kein Wort darüber verlor, dass wir noch zwei weitere Zimmer bestellt hatten. Mein Vater hinterließ seine Telefonnummer. »Falls irgendetwas sein sollte.«

Kaum war mein Vater weg, trafen die Jungs ein. Elmar und ich nahmen das größte Zimmer, weil hier der

Kapitalarbeitskreis stattfinden sollte. In der Mitte stand ein riesiges Doppelbett aus dunklem Holz, das an der Lehne und seitlich mit Schnitzereien ländlicher Motive verziert war. Die Bettwäsche, die Vorhänge und die Tischdecke in unserem Zimmer waren rot-weiß kariert. Über dem Bett hing das Bild eines röhrenden Hirsches. Elmar packte die drei Bände Kapital aus und reichte mir ein Manuskript. »Das ist ein Vortrag von Richard zur Emanzipation der Frau«, sagte er, »wenn du dich traust, ihn in meiner Klasse zu halten, lade ich dich ein.« Sein Klassenvorstand sei ein cooler Typ, fügte er noch hinzu, der habe sicher nichts gegen Gastvorträge. Wir legten uns auf das Doppelbett, Elmar begann mit dem Studium des Kapitals, wobei er fast die ganze vor ihm aufgeschlagene Seite mit Leuchtstift markierte, ich las Richards Manuskript zur Emanzipation der Frau. Draußen schneite es. Dicke weiße Flocken sanken langsam und lautlos zu Boden. Die Dämmerung fiel ein.

Zum Kapitalarbeitskreis, der für neunzehn Uhr anberaumt war, kam niemand. Elmar und ich besprachen die Sache mit dem Kapital und der Arbeit ganz allein. Dabei bemühten wir uns, das Stöhnen im Zimmer von Gabi und dem schönen Ronny neben uns zu überhören. Die Angelegenheit mit dem Kapital und der Arbeiterklasse war eigentlich einfach und logisch. Einige haben Geld, die anderen arbeiten, um Geld zu verdienen. Die das Geld haben, kaufen Fabriken, Produktionsmittel und zahlen denjenigen, die arbeiten, nur einen Teil ihres Gewinns, weil sie ja die Produktionsmittel angeschafft haben. Die Produktionsmittel amortisieren sich nach einer Weile, die Arbeiter arbeiten aber trotzdem zum gleichen Verdienst weiter. Man nennt es Mehrwert. Das so gewonnene Geld fließt in neue Produktionsmittel, die Erweiterung der Produktion und in den Lebensstil derer, die Geld investiert haben. Das heißt, für die einen bleibt der Lebensstil immer gleich, für die anderen erhöht er sich ständig, weil sich ja auch die Produktion ständig erhöht. Ohne die Arbeit der einen würde sich das Geld der anderen nicht vermehren, weil sich Geld niemals von selbst vermehrt. Jemand muss arbeiten, um es zu vermehren, und sei es im hintersten Winkel der Welt, wo Menschen nur dafür arbeiten, ihre Arbeitskraft zu erhalten, also für Essen und Trinken. Auch alle Spekulationsgeschäfte beruhen auf der Arbeit von anderen.

Den Bitcoin gab es damals noch nicht. 2010, ein Jahr nach seiner Einführung, war er 0,25 US Dollar wert, und heute, im September 2021, ist er 37 337,00 Euro wert. Ein amerikanischer Knabe namens Erik Finman zum Beispiel wurde 2017 mit einem Tausend-US-Dollar-Scheck seiner Oma, der eigentlich für sein Studium gedacht war, nach sechs Jahren Bitcoin-Schürfen zum Millionär, noch bevor er achtzehn Jahre alt war. Später sagte er in einem Interview, dass jeder, der in den nächsten zehn Jahren nicht ebenfalls Millionär werde, selbst schuld sei. Deshalb sind heute die jungen Menschen alle übermüdet, weil sie Tag und Nacht nach Bitcoins schürfen. Kürzlich habe ich in der Zeitung gelesen, dass so ein Bitcoin-Millionär sein Losungswort verloren hat.

Wahrscheinlich auf einem Zettel notiert und den Zettel weggeschmissen. Vielleicht war es ja der Typ mit den verfilzten langen Haaren und den übermüdeten roten Augen, der unsere Wohnung in Linz damals mit Bitcoins kaufen wollte. Computerfreaks sind ja nicht immer die Ordentlichsten. Sie notieren ein Losungswort auf einem Zettel und schmeißen den Zettel dann weg. Oder sie schmeißen den Zettel gar nicht weg, sondern notieren sich auch eine Telefonnummer auf demselben Zettel, der dann in der Lade mit den Telefonnummern, die alle auf Zetteln stehen, landet. Wir hatten damals unsere Wohnung privat auf »willhaben« inseriert, das Haus auf dem Land hatten wir bereits mit Kredit bezahlt. An Bitcoins waren wir nicht interessiert. Ich erinnere mich noch, dass der Typ mit den Bitcoins damals trotzdem meine Telefonnummer auf einen winzigen Zettel geschrieben und dann in seine Hosentasche gesteckt hat. (»Vielleicht kommen wir ja noch ins Geschäft.«) Wahrscheinlich hatte er auf dem winzigen Zettel auch sein Losungswort notiert und dann, Wochen später, als er seine Hose in die Waschmaschine gegeben hat, um sie zu waschen, vergessen, den Zettel mit meiner Telefonnummer und seinem Losungswort aus der Hosentasche zu entfernen. Das winzige Stück Papier hat sich dann in der Waschmaschine aufgelöst. Ja, so wird es passiert sein. Da kann er lange in der Lade mit seinen Telefonnummern suchen. Ich weiß auch noch, dass er ein Spielezimmer aus meinem ehemaligen Spitzboden, den ich mit Matratzen ausgelegt hatte, machen wollte. Ich wusste damals gar nicht, dass die jungen Menschen heute alle spielen. Und dass sie sogar ein Spielezimmer dafür brauchen. Aber vielleicht brauchen sie das Spielezimmer nicht nur zum Spielen, sondern zum Bitcoin-Schürfen. Oder vielleicht ist Bitcoins-Schürfen ja eine Art Spiel. Aber irgendjemand bezahlt das Spiel.

Vor mehr als fünfzig Jahren in dem Doppelzimmer der *Pension Abendruh* in Hellmonsödt hätten Elmar und ich uns niemals träumen lassen, dass eines Tages eine Kryptowährung während ihrer Existenz von nur elf Jahren von einem Wert von 0,25 Dollar auf heute 37 337,00 Euro steigen würde. Das Geld hat sich so weit verselbständigt, dass keine Tauschwerte mehr hinter der Währung stehen. Im Grunde sind Bitcoins ein Spekulationsgeschäft und sonst gar nichts. Und damit ein paar Spekulanten irrwitzig spekulieren können, dürfen ein paar Bitcoinsbesitzer ein Auto in ihrer Währung kaufen. Als Alibi sozusagen. Hinter dem Bitcoin steht aber gar nichts, weder Autos noch andere Waren noch Werte. Es ist nichts als eine Blase, wie alle anderen Marktblasen auch. Das Problem dabei ist, dass wir damit unseren Planeten ruinieren, der unsere eigene Existenzvoraussetzung ist. Ihm ist das egal. Er wird sich erholen und neu formieren oder andere Lebewesen hervorbringen, und seien es Viren und Bakterien, die uns ruinieren.

Um zweiundzwanzig Uhr kam Gabi in unser Zimmer. Sie war sehr blass und klagte über Kopfschmerzen. Elmar gab ihr zwei Aspirin. Kurz darauf tauchte auch der schöne Ronny auf und zog sie zurück in ihr Zimmer. Elmar exzerpierte ein Kapitel aus dem Kapital in ein Notizbuch mit zerfleddertem, braunem Einband. Um Mitternacht kam dann Birgit Bauer. Sie lehnte sich an die Wand, sah mich eindringlich an und teilte mir mit, dass sie nicht in einem Zimmer mit Herbert schlafen wolle. Er schnarche. »Ich schlafe auf eurer Couch«, sagte sie und legte sich hin. Ich war erleichtert. Es war klar, dass Elmar und ich in Anwesenheit von Birgit Bauer nicht miteinander schlafen würden. Elmar löschte das Licht. Im Dunklen teilte ich ihm mit, dass ich das Referat über die Emanzipation der Frau in seiner Klasse halten würde.

Am nächsten Tag kam es dann wieder nicht zu dem Arbeitskreis. Alfons, Ronny und Herbert schliefen lange, Gabi und Ingrid machten einen Spaziergang, und Birgit Bauer setzte sich in die Mitte von Elmars und meinem Doppelbett. Dort klärte sie uns darüber auf, dass sie jede Art von Doppelmoral verabscheue und deshalb ihren Eltern alles über unsere Zusammenkunft in Hellmonsödt berichtet habe. Zuerst glaubte ich ihr nicht. Birgit Bauer behauptete ja auch, es darauf anzulegen, dieses Jahr wieder durchzufallen, weil sie sowieso Automechanikerin werden wolle. Offenbar war es ihr auch egal, was ihre Eltern zu unserem Kapitalarbeitskreis sagten. »Sollen sie uns doch anzeigen«, sagte sie, »wenn ihnen irgendwas nicht passt.« Das gab mir den Rest. Ich sah mich bereits von der Schule geflogen und in ein Heim für schwer Erziehbare gesteckt.

Ich glaube, mir traten die Tränen in die Augen. Birgit Bauer umarmte mich. »Du brauchst keine Angst zu haben«, sagte sie, »wir stehen das gemeinsam durch.« Elmar reagierte sofort. Er weckte Ronny, Herbert und Alfons. Birgit suchte Ingrid und Gabi. Eine Stunde später hielten wir eine Besprechung zur Schadensbegrenzung ab. Aber Birgit Bauer lachte plötzlich und sagte, sie habe nur Spaß gemacht und uns erschrecken wollen.

Daraufhin hatte niemand mehr Lust auf einen Kapitalarbeitskreis. Die Jungs fuhren irgendwann mit dem Bus nach Linz zurück, und wir harrten bis zur Abholung durch Gabis Vater aus.

Birgit Bauer sollte zwei Jahre später mitten in der Deutschstunde aus dem niedrigen Fenster unseres Schulcontainers klettern, um mit den Worten »Ich werde jetzt Lastkraftwagenfahrerin« zu verschwinden, und nie wieder in die Schule kommen. Jahre später erfuhren wir, dass sie sich auf dem Dachboden im Haus ihrer Eltern aufgehängt hatte.

Meine Halbschwester betrachtete meine politische Entwicklung mit Misstrauen. Sie war schließlich vor dem Kommunismus geflohen. Andrerseits war sie im Zwiespalt, weil meine Mutter ja auch gegen die linke Schülergruppe war. Meistens sagte sie daher nichts gegen mein Engagement. Sie versuchte allerdings bei jeder Gelegenheit, mir die Situation in den sozialistischen Ländern nahezubringen. »Die haben dort gar nichts«, sagte sie. Wenn sie zum Dolmetschen in die Sowjetunion fahre, habe sie ständig ein paar Nylonstrümpfe mit dabei, um sie im Hotel zu verteilen. Ich fand das abstoßend. Erstens war ich der Meinung, dass kein Mensch wirklich Nylonstrümpfe braucht, die sowieso dauernd Laufmaschen bekommen, und zweitens lehnte ich Bestechungsversuche ab. Ganz ähnlich empfand ich, wenn sie erzählte, wie sie während der Kuren mit ihrer Mutter in Karlsbad in der Tschechoslowakei Schokoladeriegel verteilte. Ekelhaft. Insbesondere, da sie selbst bei ihren Aufenthalten in der Sowjetunion stets billig Unmengen von Kaviar kaufte und heimlich ausführte, um dann in München Kaviarpartys zu schmeißen. Unser Verhältnis wurde mit der Zeit immer verzwickter. Sie war einerseits eine emanzipierte Frau, war viel gereist, selbstbewusst, verdiente mehr Geld als ihr Mann, war ein Organisationstalent, andrerseits fuhr sie ruckartig Auto, bezeichnete meine Mutter als bigott und wusste immer alles besser.

Ihr Leben war durchgeplant: Einen Mann, einen oder mehrere Geliebte, Karriere, Urlaub auf den Malediven. Keine politische Bindung, kein Engagement.

Das Leben hätte meiner Meinung nach glanzvoller sein müssen. Die Arbeit ein Schöpfungsakt, die Liebe eine Offenbarung, die Politik eine Erkenntnis, der Tod ein Memorial. Und in Wirklichkeit? Nichts von alledem. Die Arbeit Ausbeutung, die Ehe ein Vertrag, die Politik ein ständiger Rückschritt, Birgit Bauer vergessen.

Es ist kalt. Schon auf dem Weg, das Manuskript in einer roten Mappe unter den Arm geklemmt, beginnt es zu schneien. Es ist ein schwerer, nasser Schnee. Ich habe keinen Schirm dabei und treffe nass in der Knabenschule ein. Ein begossener Pudel. Die Haare kleben am Kopf und tropfen in den Kragen. Die rote Mappe ist an den Rändern aufgeweicht. In der Klasse ist es überheizt. Ich schüttle die Haare neben dem Lehrerpult aus. Elmars Klassenvorstand, ein Mathematikprofessor, tritt erschrocken einen Schritt zurück, die Klasse brüllt: »Aus-ziehen, aus-ziehen!« Der Klassenvorstand ist sehr groß, schlaksig und höchstens dreißig Jahre alt. Er lächelt, nimmt mir den Mantel ab und hängt ihn über die Heizung. Ich öffne die obersten Knöpfe meiner Strickjacke. Die Klasse brüllt: »Wei-ter aus-ziehn, wei-ter aus-ziehn!« Jemand zielt mit Orangenschalen in den Papierkorb. Und trifft. Der Klassenvorstand stellt mich der Klasse vor und sagt, dass er sich auf meinen Vortrag zur Emanzipation der Frau freut. Er scheut sich nicht, auf den kleinen Unterschied hinzuweisen, den es trotz aller Emanzipation der Frau immerhin gäbe. Die Klasse brüllt: »Her-zeigen, her-zeigen!« Er bietet mir seinen Platz am Lehrerpult an und setzt sich selbst auf eine Schulbank in der ersten Reihe der Schulbänke, die ansonsten leer ist. Erst die zweite Reihe ist besetzt. Jemand schiebt seinen Sessel quietschend zur Seite, weil der Klassenvorstand ihm den Blick verstellt. Elmar sitzt in der letzten Reihe. Alfons sitzt neben ihm und putzt sich die Fingernägel mit seinem Taschenfeitel. Ich packe mein Manuskript aus. Die Ränder des gesamten Manuskripts sind durchweicht. Die letzten Worte in jeder Zeile sind unleserlich. Das macht nichts. Ich kenne den

Text. Ich beginne mit den Jägern und Sammlern, die wilde Wälder durchstreifen und während ihrer Wanderungen auf Lichtungen in großen Gruppen leben. Weil es keinen Privatbesitz gibt, müssen sie aufeinander achten. Die Gemeinschaft ist wichtig. Der Einzelne nur in Bezug auf die Gemeinschaft. Die soll sich vermehren. Es gibt keine Eifersucht, weil es keine Erbfolge gibt. Niemand besitzt etwas, das er vererben könnte. Jeder versucht, seine Geschicklichkeit bei der Jagd und seine Aufmerksamkeit beim Sammeln zu schärfen. Die Gesellschaft nimmt sich aller Kinder in gleichem Maße an, weil niemand weiß, welches genau sein eigenes Kind ist. Vereinzelte Stimmen tauchen aus dem Klassenraum auf: »Super, Gruppensex!« Einer ruft: »Vielweiberei!« Der Klassenvorstand in der ersten Reihe lächelt und ruft zur Disziplin auf. Elmar in der letzten Reihe schweigt. Ich bin jetzt bei der Bibel angelangt: Von allen Bäumen dürft ihr essen, nur von dem einen nicht. Der eine Baum ist Gottes Besitz. So entsteht das Privateigentum, so beginnt die Vertreibung aus dem Paradies. Die Gemeinschaft zerbricht, jeder sorgt für sich selbst, bebaut sein eigenes Feld, züchtet seine eigenen Schweine und Rinder, vererbt sie an seine eigenen Kinder. Die Frauen sind jetzt der Garant der Erbfolge. Die Legende von der einen großen Liebe entsteht: Willst du meine Frau werden, in guten und schlechten Zeiten, bis dass der Tod uns scheidet? Jemand sagt etwas, aber ich höre es nicht mehr. Ich sehe jetzt die steinernen Häuser vor mir, die dicken Mauern, die Felder, die ununterbrochen bewirtschaftet werden. Die ausgezehrten Frauen mit ihren zehn Kindern, die dies alles erben müssen, die harten Männer, die pflügen und ihre Schafe scheren, die Frauen und Kinder, die die Schafwolle waschen und weben und stricken. Mich fröstelt. Eine neue Gemeinschaft entsteht. Diesmal mit strikten Grenzen. Haus für Haus, Mauer für Mauer wird gehandelt, damit die Familien in den Häusern mit den dicken Mauern überleben können. Tuch gegen Kartoffel, Kartoffel gegen Speck, Speck gegen Äpfel. Da schälen sich Werte heraus für Tuch, Äpfel, Kartoffel und Speck. Am meisten wert ist, worin die meiste Arbeit steckt. Die Arbeit wird zum Zentrum des Handelns. Tuch herzustellen ist mehr Arbeit als Äpfel und Kartoffel anzubauen und zu ernten. Ich glaube, es ist jetzt still im Klassenzimmer. Das ist der Ernst des Lebens. Vom Tier zum Fell zum Tuch und das geht immer so weiter. Irgendwann kann nicht jeder Ballen von Stoff mit sich herumschleppen, wenn er Äpfel will. Etwas anderes muss statt des Tuches erfunden werden, um zu handeln. Etwas einfacher zu Transportierendes. Etwas Kleineres als ein Stoffballen, etwas Symbolisches. Gold wird als Tauschmittel erfunden. Gold ist mehr wert als Tuch, mehr wert als steinerne Häuser. Goldtransporte werden überfallen. Gold wird gehortet, Gold muss geschützt werden in eigenen steinernen Häusern mit besonders dicken Wänden. Mit der Zeit wird auch Gold zu schwer. Schwer zu transportieren, schwer in kleinere Einheiten zu zerlegen. Das Geld wird erfunden. Zuerst aus leichterem Metall.

Dann aus Papier, das ersetzt das glänzende Gold. Das Symbol des Symbols entsteht. Es wird sich wohl verselbständigen. Wer denkt schon an Gold, wenn er mit Geld bezahlt. Wer denkt schon an Tausch, wenn er an Geld denkt, wer denkt schon an Arbeit, wenn er bezahlt. Sicher, wer bezahlen will, muss Geld verdienen. Aber es ist doch augenscheinlich, dass nicht jeder, der viel Geld hat, mehr arbeitet als der, der wenig hat. Es scheint ja genau andersherum zu sein. Wer Geld hat, sitzt in seinem Swimmingpool, wer keins hat, macht Überstunden. Auch die Arbeitsteilung hat sich verselbständigt. Häuser sind zu Statussymbolen geworden, die es zu verteidigen gilt. Mauer für Mauer. Die Frau garantiert das alles mit Leib und Seele. Mitgefangen, mitgehangen. Gebenedeit sei die Frucht deines Leibes. Verflucht sei der Leib! Es gibt kein Zurück. Die Lichtungen, auf denen wir auf der Wanderschaft ruhen könnten, sind inzwischen bebaut. Felder, so weit das Auge reicht. Dazwischen Fabriken. Das Wort Emanzipation kommt vom Lateinischen »emancipatio« und bedeutet »Freilassung eines Sklaven«. Die Unterdrückung der Frau hat mit der Entstehung des Privateigentums begonnen und wird erst nach der Beseitigung des Privateigentums wirklich enden. Die Emanzipation der Frau kann nur gelingen, wenn die Fabriken und Felder vergesellschaftet werden, wenn alles wieder allen gehört, wenn alles endlich gerecht aufgeteilt ist. Ja, so ist es.

Ich habe endlich eine Erklärung gefunden für all den Zwiespalt. Ich bin zu etwas Wesentlichem vorgedrungen.

Am Ende ist es doch still in der Knabenklasse. Der Klassenvorstand hilft mir in den Mantel, der jetzt trocken ist. Ich packe Richards Manuskript in die rote Mappe, klemme sie mir unter den Arm und gehe nach Hause. Die Sonne scheint.

Die Frage an meine Mutter, warum sie eigentlich ihr Geld nicht selbst verdiente, führte zu einer weiteren Heulorgie meiner Mutter und zu einer Woche Hausarrest für mich. Wenn ich ein rotes Halstuch trug, wurde das als Signal meiner politischen Einstellung interpretiert. Aber meine Vorliebe für schwarze Kleidung wurde ebenfalls, diesmal als dekadent, boykottiert. Jede Diskussion wurde im Keim erstickt. Ich fragte mich mit der Zeit, ob meine Eltern und ich überhaupt irgendein Thema gemeinsam hatten. Ihre unterschwelligen Rassismen waren unerträglich. Meine Mutter erzählte, dass bei der Busreise meiner Eltern mit dem Seniorenverband auf den Obersalzberg unpassenderweise ein Jude dabei gewesen sei. Wenn sie von Pflegern im Krankenhaus sprach, sagte sie »die Wärter«, mein Vater nannte die Italiener faul, die Ungarn schmierig. Meine Mutter fand die Wiener noch schmieriger.

Der Spruch »Alles Private ist politisch« schien haargenau zu meiner Situation zu passen. Plötzlich fiel es mir wie Schuppen von den Augen: Meine Mutter hatte meinen Vater geheiratet, um ihm ihre Arbeitskraft zur Reproduktion seiner Arbeitskraft zur Verfügung zu stellen. Dafür musste mein Vater die Arbeitskraft meiner Mutter erhalten, indem er sie ernährte. Zu dem

Zweck stellte mein Vater seine Arbeitskraft dem Kapital zur Verfügung. Indem meine Mutter für die Reproduktion seiner Arbeitskraft arbeitete, konnte das Kapital die Arbeitskraft meines Vaters besser ausnützen, weil er gut genährt und ausgeruht zur Arbeit kam. Wenn meine Mutter es schaffte, ein Kind zu gebären, dann musste mein Vater meine Mutter und das Kind, also mich, quasi lebenslang ernähren. Das heißt, er war noch enger an das Kapital gebunden, und das Kapital konnte seine Arbeitskraft noch besser ausbeuten. Meine Mutter wiederum konnte an meinen Vater, indem sie auch für die gesellschaftliche Reproduktion der Arbeitskraft gesorgt hatte, mit guten Gewissen Forderungen stellen, die im Wesentlichen in Konsumgütern bestanden, was wiederrum dem Kapital nutzte, das seine Güter schließlich verkaufen musste. Die Gesellschaft, die ihrerseits immer neue Arbeitskräfte suchte, damit die Pensionen der alten Arbeitskräfte gesichert waren, unterstützte die Frauen in ihrem Konsumverhalten. Die Frau, die sich die besten/teuersten Konsumgüter leisten konnte, hatte am besten für die Reproduktion der Arbeitskraft ihres Mannes gearbeitet.

Ich beschloss, meinen Vater gleich nach dem Abendessen über seine Rolle im Produktionsprozess aufzuklären. Nachdem wir den Wurstsalat mit Kaisersemmerl gegessen hatten und mein Vater sich gerade die zweite Flasche Gösserbier aufgemacht hatte, schlug ich ihm vor, dass ich aus dem gemeinsamen Haushalt ausziehen und für meinen Unterhalt selbst sorgen würde. »Um

Gottes willen«, sagte mein Vater, »warum denn das, du bist doch erst sechzehn.« Ich erklärte meinem Vater knapp den Sachverhalt. Ganz typisch für das geringe Selbstbewusstsein der Arbeiterklasse, leugnete er beharrlich seine Ausbeutung durch das Kapital. Meine Mutter leugnete naturgemäß ebenfalls ihre Rolle im Kapitalismus. Sie behauptete plötzlich, alles nur aus Liebe zu meinem Vater und mir zu tun. Der Abend endete damit, dass mein Vater mit der Faust auf den Tisch schlug und meine Mutter heulte. Für mich ein Zeichen des besorgniserregenden Zustandes der Arbeiterklasse. Als ich in der Nacht auf die Toilette ging, stand mein Vater auf dem Kopf, um die Magensäure abfließen zu lassen.

Gabi war noch viel schlimmer dran. Wenn sie ihren Vater auf die Rolle der Arbeiterklasse angesprochen hätte, sagte sie, hätte ihr Vater sie sofort geohrfeigt. Überhaupt neigte er offenbar zur Gewalttätigkeit. Ihren Bruder jagte er manchmal mit dem Teppichklopfer durch die ganze Wohnung, wenn er den Plattenspieler mit den Beatles zu laut aufgedreht hatte. Ihr Vater war insgesamt gegen die Platten, die ihrem Bruder gefielen. »Negermusik« nannte er sie. Gabi und ich waren uns über das mangelnde Selbstbewusstsein der Arbeiterklasse vollkommen einig. In der Schule wurde sie von den Professoren gemobbt. Die Französischprofessorin hatte in einer der Sprechstunden, die mein Vater regelmäßig besuchte, gesagt, dass sie nicht verstehe, warum Gabi bei ihrer Herkunft unbedingt in ein Gymnasium hatte gehen müssen, wo sie doch offenbar zu Hause nicht einmal ein eigenes Arbeitszimmer habe. »Gnädige Frau«, habe mein Vater darauf geantwortet, »es kommt ausschließlich auf die Leistung an, nicht auf die Herkunft.« Das »Gnädige Frau« war typisch für meinen Vater, eine reine Anbiederung an bürgerliche Umgangsformen. Aber immerhin hatte er meine Freundin Gabi verteidigt. Seiner Aussage nach auch gegenüber der Englischprofessorin, die angedeutet habe, dass Gabi einen schlechten Einfluss auf mich ausübe. Das ganze Revoluzzertum, habe sie gesagt, gehe eindeutig auf Gabi zurück. Eigenartig war, dass die Professoren diese Bedenken Ingrid gegenüber nicht hatten, obwohl auch sie aus der Arbeiterklasse stammte und, wenn sie nicht sofort nach Hause musste, mit uns ins Gewerkschaftsheim kam. Die Eltern von Ingrid hatten nicht einmal Zeit, Ingrid selbst zu erziehen, sondern sie lebte bei ihrer Großmutter. Um Ingrid bemühten die Professoren sich regelrecht. Als sie einmal längere Zeit krank war, fuhr die Prohaska zusammen mit unserer Deutschlehrerin sogar zu Ingrids Großmutter, um ihr den Lernstoff vorbeizubringen. Vielleicht lag es ja daran, dass Ingrid kindlicher war als Gabi und in ihren Deutschaufsätzen von den Hühnern ihrer Großmutter schrieb und dass diese die beste Millirahmsuppe weit und breit herstelle. Ich wusste gar nicht, was eine Millirahmsuppe ist. Gabi auch nicht. Gabi war auch ernster als Ingrid und lachte nur selten. Wahrscheinlich war ihr das Lachen bereits in der Volksschule vergangen, als die Lehrerin abgeraten hatte, Gabi in ein Gymnasium zu schicken, obwohl sie die Klassenbeste war. Zu ihrem an sich etwas kühlen Wesen kam noch dazu, dass Gabi lange blonde Locken und eine sehr weiße Haut hatte. Vielleicht sah sie unseren Professoren einfach zu vornehm aus für ihre Herkunft. Aber sie konnten nichts gegen Gabi unternehmen. Sie war zu intelligent. Später begann sie ein Dolmetscher-Studium für Englisch und Französisch in Wien, brach es aber nach drei Semestern wieder ab, weil sämtliche Kommilitoninnen aus besserem Haus waren und sie sich einfach nicht wohlfühlte unter den arroganten Zicken. Auch die paar Männer, die Sprachen studierten, sagte Gabi bei einem unserer letzten Treffen in Linz, seien verwöhnte Muttersöhnchen.

Richards Kommune lag am südlichen Rand von Linz, wo zehn Jahre später das erste Shopping-Center Oberösterreichs eröffnet werden sollte, und war Anziehungspunkt für sämtliche Linke, Anarchisten, Kriegsdienstgegner und verschiedenste Randgruppen. Manchmal waren zur gleichen Zeit zwanzig oder noch mehr Menschen dort versammelt, die auf Matratzen auf dem Boden sitzend über freie Liebe, Bewusstseinserweiterung und Revolutionierung der Massen sprachen. Über allem lag eine dichte Rauchschicht. Es war die Hölle. Bei meinem ersten Besuch in der Kommune ging es um fünf sogenannte schwer erziehbare Jugendliche, die Richards Kommune nach zähem Kampf gegen ein wegen unverhältnismäßiger Erziehungsmaßnahmen in Verruf geratenes Heim aufgenommen hatte. Offenbar mit Genehmigung des Jugendamtes. Die fünf schwer erziehbaren Jugendlichen saßen dicht nebeneinander auf einem abgewetzten Ledersofa, tranken Bier und rauchten. Richard, auf dessen Schoß seine dreijährige Tochter saß und in der Nase bohrte, versuchte den Jugendlichen klarzumachen, dass sie nicht einfach Geld aus der Gemeinschaftskasse nehmen und damit ausgehen dürften. »Wieso nicht«, sagte einer von ihnen, »Gemeinschaftskasse ist Gemeinschaftskasse.« »Ja«, sagte Richard, »aber wir zahlen ein und ihr gebt aus.« Die fünf schwer erziehbaren Jugendlichen schwiegen und grinsten. »Stimmt«, sagte nach langem Schweigen einer von ihnen, »aber ihr habt Geld und wir nicht.« Die Tochter von Richard streckte mir die Zunge heraus. Ich ihr auch. Ein von oben bis unten in einen langen Fellmantel gehüllter Kommunarde wies auf das Taschengeld hin, das ihnen vom Jugendamt ausbezahlt würde. »Ja«, sagte einer von ihnen, der ganz rot im Gesicht angelaufen war und sprang auf, wobei er die halbvolle Bierflasche, die er auf dem Teppich vor sich abgestellt hatte, umstieß, »aber ihr bekommt vom Jugendamt Wohn- und Verpflegungsgeld für uns. Damit finanziert ihr doch die ganze Kommune.« Das Bier aus der umgeworfenen Flasche sickerte langsam in den Teppich. Die Tochter von Richard lachte. Der in den Fellmantel gehüllte Kommunarde sprang jetzt ebenfalls auf, wobei auch noch der gänzlich überfüllte Aschenbecher, der auf dem Boden stand, umfiel. »Das nimmst du zurück«, schrie er und war jetzt auch ganz rot im Gesicht. Zwei andere Kommunarden zogen ihn aufs Bett zurück. In dem ganzen Durcheinander suchte Richards Frau Maresi irgendetwas unter den Kästen. Richard beobachtete sie dabei nachdenklich. »Okay«, sagte er nach einer Weile, »wir zahlen euch in Zukunft Miet- und Verpflegungsgeld aus und ihr zahlt davon Miete und Verpflegung an uns. Und zwar genauso viel, wie jeder von uns in die Gemeinschaftskasse einzahlt.« Richards Tochter wechselte plötzlich von seinem auf meinen Schoß. »Ich heiße Rosi«, flüsterte sie mir ins Ohr. Der Jugendliche setzte sich auch wieder und öffnete eine neue Bierflasche. »Einverstanden«, sagte er, während Maresi hinter ihm die Ritze des abgewetzten Ledersofas absuchte. »Was suchst du denn die ganze Zeit«, fragte Richard sie schließlich. Sie müsse dringend zur Arbeit, sagte Maresi, aber ihr rechter Schuh sei weg. Rosi schlang ihre Arme um meinen Hals. Außer den fünf schwer erziehbaren Jugendlichen halfen jetzt alle bei der Suche. Der Schuh fand sich schließlich auf dem Kleiderschrank neben der Butter und einem Kamm. »Mannomann«, sagte einer der Jugendlichen, »für so eine Schlamperei kamen wir im Heim in die Isolierzelle.« »Eben«, sagte Maresi und tätschelte dem Jugendlichen die Wange, »drum seid ihr ja hier.«

Ich war beeindruckt. Rosi war an meiner Schulter eingeschlafen.

Ausgerechnet der coole Klassenvorstand, der mich zum Gastvortrag über die Emanzipation der Frau eingeladen hatte, ließ Elmar in der sechsten Klasse durchfallen. Ausschlaggebend scheint eine Schularbeit gewesen zu sein, in der Elmar, statt die angegebenen Mathematikaufgaben zu lösen, die Mathematik selbst infrage gestellt hatte. Was den Wahrheitsbegriff anbelangte. Er sei nicht bereit, schrieb Elmar, einem System, das auf nicht hinterfragbaren Axiomen beruhe und diese dann durch selbst definierte Rechenregeln beweise, zu folgen. Außer es ließe sich in der Anwendung bestätigen. 1+1=2 ließe sich zwar physikalisch, aber nicht mathematisch beweisen. Es käme dadurch zu einer Begriffsverwirrung, die in letzter Konsequenz zum ontologischen Gottesbeweis führe. So ungefähr. Er zeigte mir damals das Schularbeitsheft, und ich habe nicht einmal verstanden, was er eigentlich sagen wollte. Er sagte es auf gut drei Seiten. Ontologie, stand im Fremdwörterbuch meines Vaters, sei die philosophische Lehre vom Sein und Wesen. Ich hatte keine Ahnung, was das Sein und Wesen mit der Mathematik zu tun haben sollte. Und überhaupt: Was war der Unterschied zwischen Sein und Wesen? Wegen Elmars Mathematikschularbeit wurde sogar eine Schulkonferenz einberufen. Man beschloss – nach langen Diskussionen, hatte Elmar gehört, er selbst sei nicht zur Konferenz eingeladen gewesen –, seine Schularbeit nicht negativ zu bewerten, allerdings auch nicht positiv. Um das Schuljahr zu bestehen, kam also alles auf die zweite Schularbeit im letzten Trimester an. Elmar lehnte es auch bei dieser Schularbeit ab, die gestellten Rechenaufgaben zu lösen. Stattdessen widmete er sich unlösbaren Gleichungen. Ich habe mir nur die Gleichung x=x+1 gemerkt, weil mir einsichtig schien, dass sie unlösbar ist. Eine Zahl, die gleichbleibt, wenn man 1 dazu addiert, gibt es nicht. Elmar war anderer Ansicht. Wieso weiß ich nicht, das Schularbeitsheft blieb diesmal bei der Schulleitung als Beweis für die fehlende Kooperationsbereitschaft des Schülers. Elmar fiel auf besonderen Druck seines Klassenvorstandes durch und musste das Schuljahr wiederholen. Es schien ihm aber nichts auszumachen. Er sagte, dass er sowieso keine Lust mehr auf seine alte Klasse gehabt hätte, die nur aus Jasagern und Strebern bestanden habe.

In seiner neuen Klasse freundete Elmar sich sofort mit Hubert an, der dann auch zu unseren Treffen ins Gewerkschaftsheim kam. Hubert war groß, schlaksig, hatte verwuschelte schwarze Haare, eine große Nase, und er brachte Gabi zum Lachen. Er konnte die Aussprache von Hans Moser perfekt imitieren und außerdem die sämtlicher Lehrer in seiner Klasse. Gabi und er waren bald ein Paar.

Gabi klein, Hubert groß, Gabi blond, Hubert schwarz. Manchmal hob Hubert Gabi einfach auf seine Augenhöhe und küsste sie. Sie lachte dann. Er konnte unglaubliche Fratzen schneiden, als ob sein Gesicht aus Plastilin wäre. Plötzlich stand seine große Nase ganz schief im Gesicht, eine Augenbraue war hochgezogen, die andere nicht, der Mund berührte fast die Ohren. Gabi veränderte sich, als sie mit Hubert zusammen war. Sie war nicht mehr so blass im Gesicht und viel unternehmungslustiger als vorher. Ihre blauen Augen blitzten jetzt manchmal richtiggehend wild auf. Eine

Zeit lang fuhren wir samstags zu viert mit dem Postautobus eine halbe Stunde aufs Land und sorgten dort für Aufsehen, weil Hubert alle Menschen unterwegs ganz genau nach Spazierwegen, Kirchen oder Sehenswürdigkeiten fragte, die wir dann gar nicht besuchten. Meistens landeten wir schnell in einem Wirtshaus, wo Hubert Geld in die Jukebox warf und die Beatles oder die Rolling Stones wählte. Zum Höhepunkt jedes Ausflugs wählte er gerne »Amanda tua die Hand da weg«, was er pantomimisch mit Gabi veranschaulichte, wobei wir Tränen lachten. Hubert zahlte auch meistens die Coca Cola, die wir dabei tranken. Er bekam viel Taschengeld. Während unserer Ausflüge, aber auch, wenn wir an der Donaulände in der Sonne saßen und uns unterhielten oder zwischen unseren politischen Aktivitäten (wenn wir zum Beispiel Flugblätter gegen den Besuch der Sexmesse, die in Linz stattfinden sollte, verteilten. Slogan: »Wollen Sie wieder mal ficken? Hier können Sie es nicht!«), suchte Hubert immer wieder eine Telefonzelle auf, von der aus er dann lange Gespräche führte. Wir hatten keine Ahnung, mit wem. Anfangs war Gabi oft wütend auf Hubert, weil er ständig telefonierte. Wahrscheinlich hat er noch eine andere Freundin, sagte sie zu uns, aber Hubert stritt alles ab. Wenn Gabi dann weinte, weil mit wem sonst sollte er dauernd telefonieren, schnitt er so lange Gesichter, bis Gabi wieder lachte.

Sonntags blieb ich tagsüber freiwillig zu Hause und lernte. Mein Horror, ich könnte ein Jahr wiederholen müssen, hatte sich gesteigert, seit Elmar sitzengeblieben war. Elmar lernte auch, da er wegen seiner Aufsässigkeit in der Schule bekannt war wie ein bunter Hund und ständig geprüft wurde. Was Hubert und Gabi, die nie etwas lernten, an ihren gemeinsamen Sonntagen machten, erzählten sie nie. Für mich waren sie ein ideales Paar.

Freitagsabends besuchten wir Schülerbälle, sooft es ging. Schülerbälle waren damals Mode in Linz. Der Eintritt kostete weniger als der Eintritt in die Discos, und wir konsumierten nichts auf den Bällen. Die Bälle fanden alle im Kaufmännischen Vereinshaus in Linz statt. Im Gegensatz zur Disco, wo zu viele Menschen auf kleinstem Raum zusammengedrängt waren, standen hier drei Stockwerke und Hunderte Quadratmeter Platz zur Verfügung. Im zweiten Stock war der große Ballsaal und am hinteren Ende eines endlosen Ganges die geräumige Disco mit Livemusik. Wir hielten uns ausschließlich in der Disco auf. Das Praktische war, dass Gabi und ich auf Schülerbällen immer das gleiche Ballkleid tragen konnten. Elmar und Hubert trugen schwarze Cordhosen. Elmar trug dazu ein Sakko seines Vaters, das ihm zu groß war, und Hubert trug die Jacke seines Konfirmationsanzugs, die ihm zu klein war. Wenn Gabi und ich hinter den beiden hergingen, knickten wir vor Lachen dauernd auf unseren Ballstöckelschuhen um. Hubert zupfte dann so lange an seinen kurzen Konfirmationsanzugsjackenärmeln, bis Gabi und ich vor Lachen nicht mehr gehen konnten und uns auf einen Ballsaalstuhl setzen mussten.

Ich weiß auch nicht, was die Erwachsenen in den 70er Jahren gegen Blue Jeans hatten. Sie waren diesbezüglich richtiggehend hysterisch. Wahrscheinlich spielte bei ihrer Ablehnung noch die alte Feindschaft mit Amerika eine Rolle. Sie waren ja auch gegen Jazz und Blues. Was typisch für die Elterngeneration war. Diese Generation konnte einfach nicht unterscheiden zwischen herrschender und unterdrückter Klasse. Blue Jeans, Blues und Jazz gehörten zur unterdrückten Klasse, Kriegsführung, Protzertum und Cadillacs zur herrschenden.

Während einem der Bälle erwischten Elmar und ich, als wir uns in dem kleinen Park in der Nähe des Vereinshauses abkühlen wollten, Gabi und Hubert auf einer verschneiten Parkbank. Das heißt, Hubert saß auf der verschneiten Parkbank und Gabi saß auf ihm. Ihr weißes Ballkleid war um die Hüften weit ausgebreitet und fiel in sanften Wellen zu Boden. An ihren schaukelnden Bewegungen erkannten wir, was sie da mitten im Park, noch dazu in einer eiskalten Winternacht, taten. In kompletter Ballkleidung! Hubert hätte ich so was zugetraut, aber Gabi niemals. Ich kam zu dem Schluss, dass sie Hubert wirklich liebte.

Was wir lange nicht wussten war, dass Hubert zu Hause ein gravierendes Problem hatte. Elmar hatte mir unter dem Siegel der Verschwiegenheit davon erzählt. Huberts Mutter, mit der er alleine lebe, sei depressiv. Seinen Vater kenne er gar nicht. Das wolle Hubert aber unter keinen Umständen publik machen. Niemand außer Elmar in seiner Klasse wisse davon. Hubert erledige ganz alleine den Haushalt, gehe einkaufen, koche, wasche die Wäsche und so weiter. Es gebe Tage, da füttere er seine Mutter, weil sie vollkommen antriebslos im Bett liege und nichts zu sich nehmen wolle. Dann wieder müsse er Torten und Schokolade besorgen, weil sie Heißhungerattacken habe. Die depressive Mutter hänge wie eine Klette an Hubert. Manchmal spiele er nächtelang Schach mit ihr, damit sie sich nichts antue. Wenn wir unterwegs seien, müsse er sie ständig anrufen, um zu fragen, wie es ihr gehe. Meistens gehe es ihr schlecht. Elmar und ich beschlossen, dass Gabi unbedingt davon erfahren musste. Wir holten sie extra von zu Hause zu einem Spaziergang durch den Hummelhofwald ab, um es ihr zu erzählen. Aber Gabi wusste es längst. Sie verbrächten bereits seit geraumer Zeit die Sonntage bei Hubert daheim, sagte sie. An Sonntagen gehe es seiner Mutter besonders schlecht. Die Sonntage erinnerten sie an ihre Kindheit, als sie noch geglaubt habe, sie werde einmal glücklich mit einem Mann und vielen Kindern leben, wenn sie erst von Zuhause weg sei. Was genau sich in ihrer Kindheit abgespielt habe, wisse sie auch nicht, sagte Gabi. Huberts Mutter spreche nicht gerne davon. An den Sonntagen spielten sie meist Mensch-ärgere-dich-nicht. Das heitere sie ein wenig auf. Manchmal besuchte sie auch nach der Schule Huberts Mutter, um ihr die Haare zu waschen und dann mit dunklem Bier auf Lockenwickler zu drehen. Dunkles Bier kräftige die Haare, auf die die Mutter sehr stolz sei. Hubert habe bereits zweimal das Seil abgeschnitten, mit dem sich seine Mutter an dem Türstock habe erhängen wollen. Eine Weile schwiegen wir alle und sahen den Kindern auf dem Hummelhofspielplatz zu, wie sie auf Brettern balancierten, die von der riesigen Sandkiste zu den Indianerhütten auf Stegen führten. Huberts Mutter habe ihr sogar angeboten, bei ihnen einzuziehen, sagte Gabi nach einer Weile, aber das würden ihre Eltern niemals erlauben. Sie habe ihnen vorsorglich nicht einmal von Hubert und seiner Mutter erzählt.

Nach meiner Reifeprüfung gingen Elmar und ich nach Salzburg, wo ich Germanistik und Kunstgeschichte studierte und Elmar schließlich auch die Reifeprüfung machte. Hubert und Gabi gingen nach Wien. Ihre Beziehung hielt an, bis Gabi das Dolmetscher-Studium abbrach und nach Linz zurückkehrte, wo sie die Lehrerbildungsanstalt besuchte. Hubert blieb in Wien. Ich glaube, er studierte Architektur. Eines Tages bekam Gabi einen Brief von Hubert, in dem er ihre Beziehung auflöste. In dem Brief verglich er ihre Beziehung mit einem Tauschhandel. Gabi gäbe Liebe, schrieb er, und wolle dafür Sicherheit einhandeln. Ein Warenverhältnis, wie es typisch für den Kapitalismus sei. Gabi war extra angereist, um mir den Brief zu zeigen. Sie fragte mich, ob in meiner linken Studentengruppe auch so über Beziehungen gedacht würde, was ich zögernd verneinte. Ich klärte sie schließlich darüber auf, dass Hubert meiner Meinung nach den Maoisten in die Hände gefallen war, die auch in Salzburg besonders fanatisch seien. Gabi blieb über Nacht und weinte. Am nächsten Tag reiste sie ab. Ich ging bald darauf für ein paar Jahre nach Tokio.

Gabi habe ich erst vierzig Jahre später noch einmal gesehen. Es war bei einem Klassentreffen. Das erste und letzte, das ich je besucht habe. Ich habe sie nicht sofort erkannt. Wie übrigens die meisten meiner ehemaligen Schulkolleginnen, mit denen ich damals näheren Kontakt hatte. Ich erkannte nur diejenigen sofort, mit denen ich keinen oder nur wenig Kontakt gehabt hatte. Das Klassentreffen fand in einer für den Allgemeinbetrieb offenbar aufgelassenen Bar eines Hotels im Linzer Zentrum statt. In dem Raum mit weißen Wänden standen nur ein erhöhter weißer Tresen und rundherum weiße Barhocker. Auf den Barhockern saßen wir wie die Hühner auf der Stange aufgereiht. Eine völlig überforderte Kellnerin nahm unsere Getränkebestellungen auf. Sie schleppte in der Folge mit hochrotem Kopf alles Mögliche, nur nicht das jeweils Bestellte heran. Gut eine Stunde verging mit der Aufteilung und Neubestellung der Getränke. Ich nahm schließlich statt des bestellten Proseccos den Zweigelt, den niemand bestellt hatte und der mir erfahrungsgemäß nicht bekam. Ich werde von Rotwein müde und bekomme speziell vom Zweigelt Kopfschmerzen. Die hätte ich aber wahrscheinlich sowieso bekommen. Es stellte sich nämlich heraus, dass ich die einzige Ehemalige war, die noch nie zu einem Klassentreffen gekommen war. Alle waren offenbar mir gegenüber befangen. Die beiden Barhocker rechts und links neben mir blieben leer. Ich begann mich zu verteidigen, schob meine bisherige Abwesenheit bei den Klassentreffen auf die Auslandsaufenthalte – mein Wohnsitz war damals schon seit ein paar Jahren Berlin –, aber das verschärfte die Lage nur noch mehr. Als ich schließlich auch noch fragte, warum Gabi denn nicht zum Klassentreffen gekommen sei, wurde es regelrecht totenstill in der aufgelassenen Bar. Schließlich stand eine brünette Frau auf und setzte sich auf den linken Barhocker neben mir. »Hallo Margit«, sagte sie, und erst an der Stimme erkannte ich Gabi. Ich war so verwirrt, dass ich bei nächster Gelegenheit noch einen Zweigelt bestellte. Gabi fragte mich, ob sie sich denn so sehr verändert habe. Aus Verlegenheit verneinte ich heftig und behauptete, es habe nur an der Haarfarbe gelegen. Sie sei doch goldblond gewesen. Gabi lächelte. Ja, sagte sie, die Haare dunkeln wohl im Alter nach, bevor sie dann endgültig weiß werden. Oh mein Gott, jetzt dachte sie auch noch, ich hätte sie nicht erkannt, weil sie so alt aussehe. Dabei sah Gabi kein bisschen alt aus. Sie sah nur vollkommen anders aus, als ich sie in Erinnerung hatte. Ich überlegte kurz, ob sie vielleicht immer schon so ausgesehen und ich sie nur damals ganz anders wahrgenommen hatte, aber die Überlegung half mir auch nicht weiter. Ich wusste schließlich gar nichts über sie und ihre derzeitigen Verhältnisse. Vielleicht hatte sie ja doch einmal so ausgeschaut, wie ich sie in Erinnerung hatte, und es waren diese Verhältnisse, die sie verändert hatten. Das Gesicht war breiter, ihr Teint nicht mehr so durchscheinend blass. Vor allem aber war das ganz Unbeschreibbare, Spezielle an ihr weg. Sie erzählte mir dann, dass sie mit Willi, einem ehemaligen Mitglied unserer Schülergruppe, verheiratet sei und mit ihm eine gerade pubertierende Tochter habe, die wie er mit ihren feuerroten Locken und dem blassen Teint so schön sei, dass sie sich Sorgen um sie mache. Ich erinnerte mich an keinen rothaarigen Willi aus unserer Schülergruppe. Als ob sie das geahnt hätte, sagte sie, Willi sei uns damals nicht besonders aufgefallen, weil wir so mit Elmar und Hubert beschäftigt gewesen seien. Heute, sagte sie, ist er Pharmavertreter. Dabei lachte sie kurz auf, und plötzlich sah ich wieder die Gabi von damals vor mir. Ich umarmte sie, was ihr aber offensichtlich peinlich war. Mich fragte sie nichts über mein Leben. Ich war froh, dass die Kellnerin kam und mir diesmal statt des bestellten Zweigelts ein Glas Prosecco brachte, das ich beinahe auf einen Zug leerte. Als ich das Glas wieder abgestellt hatte, hatte Gabi den Platz gewechselt. Neben mir saß jetzt eine gewisse Inge Swoboda, die mir erzählte, dass sie in einer Erzählung von mir vorkomme. Ich hatte keine Ahnung, in welcher und in welchem Zusammenhang, hatte aber augenblicklich ein schlechtes Gewissen. Wer weiß, was ich über sie geschrieben hatte. Außerdem wurde mir langsam klar, dass die meisten meiner ehemaligen Schulkolleginnen meine Bücher gelesen hatten. Es war schrecklich. Sie alle wussten womöglich alles von mir oder glaubten, alles zu wissen, und fühlten sich vielleicht von mir verraten, und ich konnte nichts dagegen tun, nichts zurechtrücken oder aufklären. Alle erschienen mir plötzlich als eine einander vertrauende Gemeinschaft, aus der ich für immer ausgeschlossen war. Ich verließ bald darauf das Klassentreffen und betrank mich in einer nahegelegenen öffentlichen Bar.

Es gibt keine Entwicklung von Punkt A bis Z. Es sind Zufälle, die eine Rolle spielen, Erinnerungen, Träume, alte Wahrsagungen. Lieder spielen eine Rolle, Geschichten, enttäuschte Lieben. Demütigungen und Hoffnungen. Es hätte immer alles auch ganz anders kommen können.

Unsere Clique im *Café Central* war mit der Zeit immer größer geworden. Das Personal stellte längst unsere zusammengeschobenen Tische abends nicht mehr auseinander. Praktisch die gesamte linke Schülerszene von Linz versammelte sich hier täglich. Manche saßen schon in der Früh im *Central.* Die Studenten kamen nicht mehr. Elmar war die zentrale Figur im *Central.* Sein Sessel am linken Ende der Tische blieb stets für ihn frei, später dann auch der neben ihm, der für mich bestimmt war. Eine große Clique übt immer Anziehungskraft auf alle möglichen anderen aus. Irgendjemand brachte eines Tages Jimmy mit, den Bassgitarristen einer sich damals gerade neu formierenden Anarcho-Band. Eigentlich hatten die Musiker des *Central* längst ins *Café Arabia* gewechselt, seit unsere Schülerclique immer größer geworden war. Schon als Jimmy sich unseren Tischen näherte, übte er die Anziehungskraft eines Magneten auf mich aus. Er setzte sich mir gegenüber hin und sah mich an. Er war groß, dünn, hatte lange blonde Haare. Seine Augen waren unglaublich blau, gesprenkelt und umrandet von neongrün. Wie der Almsee in Grünau, in dessen Nähe meine Eltern seit neustem eine Sommerwohnung gemietet hatten und der für mich der geheimnisvollste Ort war, den ich kannte. Das Ostufer des Almsees war durchzogen von Wasserläufen, ein Sumpfland, in dem knorrige, niedrige Stieleichen wuchsen und Pflanzen mit tellergroßen haarigen Blättern. Wenn ich mit meinen Eltern ins Almtal fuhr – was selten genug vorkam –, fuhr ich meistens gleich nach unserer Ankunft mit dem Fahrrad ans Ostufer des Almsees, kletterte über den Holzzaun, mit dem der Weg hier befestigt war, und setzte mich auf eine der kleinen Kiesbänke zwischen den glasklaren Bächen und Rinnsalen. Manchmal lag so dichter Nebel über dem Almsee, dass ich nur ein oder zwei Meter weit sah, und alles, was darüber hinausreichte, war verschluckt. Kein Laut drang zu mir. Jimmys Blick löste eine solche Sehnsucht nach dieser Welt zwischen Wasser und Erde in mir aus, dass ich mich von ihm abwenden musste. Ich spürte mehr, als ich sah, dass er auf den Platz neben mir gewechselt war. Es war ganz still im *Café Central*. Er hatte sich auf Elmars Platz gesetzt. Ich beugte mich vor und versteckte mich hinter meinen Haaren. Aber die Anziehungskraft war stärker. Irgendwann musste ich mich ihm einfach zuwenden. Es war, als kannte ich ihn schon lange und wäre gerade dabei, in diesem Menschen für immer zu versinken. Schließlich war es Elmars

Stimme, die den Zauber brach. Er musste schon eine Weile anwesend gewesen sein, denn er war mitten in einem Gespräch über Musik. Er sagte gerade, sie entstehe immer im Kopf. Nur so lasse sich das Unaussprechliche der Musik erklären, aufgrund dessen sie als ein so vertrautes wie für immer fernes Paradies an uns vorüberziehe, das so ganz verständlich und doch so unerklärlich sei. Der Zauber beruhe darauf, dass sie alle Regungen unseres innersten Wesens wiedergebe, aber ganz ohne die Wirklichkeit und fern von ihrer Qual. Ich stand abrupt auf, zahlte an der Theke und ging zu Fuß nach Hause.

Später habe ich erfahren – übrigens nicht von Elmar –, dass Jimmy heroinabhängig war und bereits zwei erfolglose Entziehungskuren hinter sich hatte.

Jeder von uns hat den Selbstzerstörungstrieb in sich. Manche rauchen nur, andere koksen oder saufen sich zu Tode.

(Ich halte die am meisten umstrittene Theorie Freuds, die Theorie des Todestriebes, für eine seiner wichtigsten. Er zeigt sich im Wunsch nach Wiederholung und Stillstand. Sogar in den menschlichen Zellen sind Selbstzerstörungsprozesse eingebaut. Wir alle sind Kamikazeflieger. Während wir alles zerstören, sehnen wir uns nach Erhaltung des Zustandes, der die Zerstörung ja erst hervorgebracht hat. Alles ist anders, aber nichts soll sich ändern. Weder unser Gesellschaftssystem noch unsere Überzeugungen. Die Wirtschaft soll weiter blühen und unsere Ressourcen vernichten. Was ist das anderes als der Todestrieb, der nach Freud danach strebt, das Leben zurückzuführen in den anorganischen Zustand des Unbelebten, der Starre und des Todes?)

In der Nacht ist es bitterkalt. Der Boden ist gefroren, und über dem Eis bildet sich ständig eine frische Schneeschicht. Das Vorwärtskommen ist mühevoll im Schnee. Während ich durch die dicke weiche Schneeschicht stapfe, muss ich aufpassen, auf dem darunterliegenden Eis nicht auszurutschen. Im frischen Schnee sind keine Spuren von Menschen, aber viele Spuren von Tieren. Kleinere und größere. Die Landschaft ist merkwürdig stumpf. Angeblich werden im Winter mehr Hunde aus den Tierheimen geholt als im Sommer. Der Mensch ist eben nicht gerne allein. Da erinnert er sich schnell an die jahrhundertealte Begleitung von Hunden. Wenn die Menschen dann eines Tages, wenn der Winter vorbei ist, wieder alle aus dem Haus laufen, werden sie nicht mehr einsam sein. Aber dafür sind es dann ihre Hunde, die auf ihren alten Decken liegen und schlafen und hoffen, dass bald jemand kommt und sie aus ihrer Lethargie befreit. Ich habe zwei Katzen. Die Katzen liegen im Winter sowieso den ganzen Tag faul herum und drehen höchstens einmal ein Ohr in meine Richtung. Ab und zu schlüpfen sie zu meiner Terrassentür hinaus, während ich rauche. Meistens sind sie aber bald wieder da. Schnee ist ihnen unheimlich. Einerseits scheint er eine feste Masse zu sein, andrerseits sinken sie ein und werden nass. Schneebälle zerfallen vor ihren Pfoten. Das mögen sie nicht. Sie lieben Gewissheiten so wie der

Mensch. Es schneit so dicht, dass ich auf dem Rückweg meine eigenen Spuren nicht mehr erkenne. Alles verschwindet in der dicken weißen Schicht. Konturen werden unscharf.

Meine erste Demonstration musste ich geheim halten. Sowohl vor meinen Eltern als auch vor der Schule. Die Teilnahme an einer Demonstration hat in den 60er Jahren des vergangenen Jahrhunderts zu Hausarresten oder im schlimmsten Fall zu Schulverweisen geführt.

Ich weiß nicht mehr, worum es bei meiner ersten Demonstration überhaupt ging. Wahrscheinlich ging es gegen die Globalisierung. Damals nannten wir das Imperialismus. Der Imperialismus war eine Krake, die ihre gierigen Arme in alle Weltrichtungen streckte.

Es war eine Winterdemonstration. Gott sei Dank. Gabi und ich konnten unsere Mützen tief in die Stirn schieben und die Wollschals um die untere Gesichtshälfte.

Das Ärgerlichste an den Demonstrationen, an denen Gabi und ich heimlich teilgenommen hatten, war die nachträgliche Berichterstattung in den Zeitungen. Waren hundert Leute zu einer Demonstration gekommen, stand in der Zeitung, dass eine Handvoll zerlumpter Gestalten demonstriert hatte. Waren mehrere Hundert gekommen, hieß es, zwanzig oder dreißig ungewaschene Studenten und Schüler hätten aus Spaß am Randalieren randaliert. Gabi und ich waren fassungslos. So eine Demonstration ist schließlich beileibe kein Vergnügen, wenn man allein das Gedränge und die Lärmentwicklung bedenkt. Dazu kommen dann noch so Peinlichkeiten wie das rhythmische Vorwärtsbewegen in Gruppen und das Nachschreien von Parolen, die über Lautsprecher vorgeschrieen werden. Man muss schon ein enorm selbstloser, willensstarker Mensch sein, um so etwas auszuhalten. Dagegen war die andere, individuellere Variante antibürgerlichen Verhaltens, wie das Rauchen eines Joints, ein egoistischer Akt.

Es war in den Trauner Auen, als Elmar und ich uns zum ersten Mal miteinander einrauchten. Es war kurz nachdem ich Richards Referat zur Emanzipation der Frau vor Elmars Klasse gehalten hatte. Elmar war begeistert gewesen. Nicht, dass er seine Begeisterung gezeigt hätte, das war nicht seine Art. Aber ich sah in seinen Augen ein Aufblitzen, als wir uns am Abend nach dem Referat kurz im winzigen Park zwischen Mulden- und Eisenwerkstraße, in dem ich in meiner Kindheit so oft gesessen hatte, trafen. Als ich kam, saß Elmar bereits auf der Bank mit Blick auf den kleinen Teich, aus dem im Winter allerdings das Wasser ausgelassen war, so dass nur eine hauchdünne Eisschicht auf dem Boden des Betonbeckens darauf hinwies, dass sich hier im Sommer ein verwunschener Ort befand mit Fröschen, Seerosen und langen Ästen von Trauerweiden, die auf Natursteinplatten rings um den Teich herunterhingen. Im Winter war er nichts als eine kahle Betonwanne. Elmar schien sie mit großem Interesse zu betrachten. Aber vielleicht war er auch nur in Gedanken. Jedenfalls zuckte er zusammen, als ich auf ihn zukam. Und da war plötzlich dieses Aufblitzen in seinen Augen. »Hast du keine Angst gehabt?«, fragte er, und ich wusste sofort, dass er das Referat vor seiner Klasse meinte. »Nein«, sagte ich, was nicht stimmte. Elmar nickte. »Du warst sehr überzeugend«, sagte er noch. Das war das größte Kompliment, das Elmar mir je gemacht hatte. Wir verabredeten uns für das Wochenende in den Trauner Auen.

Ich hatte noch nie vorher einen Joint geraucht. Elmar baute ihn am Samstagnachmittag in den Trauner Auen, auf einem eiskalten Baumstamm sitzend, ziemlich genau an dem Ort, an dem wir uns das erste Mal allein getroffen hatten. Zu dem Zweck musste er seine dicken Handschuhe ausziehen und alle Utensilien, die nötig waren, auf der harten Aktenmappe, die er wie einen Tisch auf seine Beine gelegt hatte, ausbreiten: eine Packung Tabak, Zigarettenpapier und einen kleinen braunen Klumpen, der in Staniolpapier eingewickelt war. Zuerst verteilte er den Tabak auf dem Zigarettenpapier, erhitze den braunen Klumpen im Staniolpapier, indem er ein Feuerzeug darunter hielt, bröselte dann etwa die Hälfte über den Tabak und formte eine dicke, röhrenförmige Zigarette, die er schließlich an der Seite mit viel Spucke verschloss. Seine Finger waren vor Kälte danach ganz blau. Gott sei Dank schien wenigstens die Sonne in unsere Gesichter. Der erste Zug aus dem Joint war die Hölle. Ich war es nicht gewohnt, dicke, filterlose Zigaretten zu rauchen. Überhaupt rauchte ich damals nur ab und zu. Der tiefe Zug, den ich, genau wie Elmar vor mir, nahm, brannte in der Luftröhre bis zur Lunge hinunter, breitete sich dort wie Feuer aus, reizte die Lungenbläschen und löste starken Hustenreiz aus. Aber wer dem Fegefeuer entkommt, landet bekanntlich im Paradies.

Nun muss ich dazu sagen, dass man nicht unbedingt einen Joint geraucht haben muss, um eine Aulandschaft im Winter paradiesisch zu finden. Die dicke Schneedecke auf dem Weg, den wir gekommen waren, war, von unseren eigenen Schritten abgesehen, unberührt. Zwischen den Bäumen war der Wald nicht tief verschneit. Dort war der Boden eher bezuckert. Die zarteren Bäume und Sträucher und Büsche waren mit Raureif bedeckt, auf den Ästen der größeren Stieleichen, Eschen oder Erlen lag dick Schnee, so dass sie sich bogen. Kleinere Tümpel und schmale Nebenarme der Traun waren zugefroren, breitere Nebenarme und größere Teiche nur am Rand gefroren. Und alles zusammen glitzerte und funkelte in der Sonne. Das anfängliche Feuer in den Lungen verlosch, etwas davon blieb zurück wie warme Asche. Und durch die innere Wärme war ich imstande, die klirrende Landschaft ganz in mich aufzunehmen. Ich sah unglaubliche Farben und Formen, ein Gewirr von scharf umrissenen schwarzen Zweigen, die vor dem Hintergrund des weißen Raureifs Muster bildeten, die wieder zerfielen und sich neu bildeten. Schneeballen klammerten sich an einzelne, reifüberzogene Äste, Büsche wandten sich einander zu, Farbfunken sprangen von Ast zu Ast, einzelne Kristalle bildeten sich vor meinen Augen, verschmolzen wieder mit der Schneedecke, kristallisierten sich aus der Eisdecke des zugefrorenen Teiches und kehrten zur Eisdecke zurück, die ein Spiegel war, dick, glatt und blau. Sonnenstrahlen hockten auf den Büschen und Gräsern und zogen sie mit in die Höhe, einer strahlenden Sonne entgegen. Ich erkannte, dass ein Eiskristall sechseckig ist. Alles, was einzeln war, wurde zum Bestandteil des Ganzen, und das Ganze bestand aus Millionen Einzelteilen, Einzelgräsern, Einzelkristallen, Farbpaletten von Einzelfunken. Manchmal verlor sich der Blick in ein Detail, Kristalle wurden zu Eispalästen, die schwarzen Zweige einer Stieleiche zu Armen, die sich gegen den Himmel streckten, in der Erwartung ihrer endgültigen Rückverwandlung in einen Menschen. Ich war jedes Einzelne der Kristalle, jeder Baum, jeder Ast, jedes Gras, der Sonnenkringel auf dem Teich. Es gab keine Barriere zwischen mir und der Natur. Und das Beste war: Es war nicht mein Kopf, der das vielfältige Äußere nur betrachtete, sondern es war mein Körper selbst, meine Arme, Hände, Poren, mein Magen, meine Lunge, mein Herz, in die das Äußere eingegangen war und die mein Inneres dann wieder nach außen spiegelte. Ich war endlich Teil des Ganzen.

Ich weiß nicht, wie lange Elmar und ich jeweils getrennt in der Eislandschaft der Trauner Auen versunken waren, irgendwann entdeckten unsere Augen einander in dem strukturierten Bildergewirr von Farben und Formen. Und auch diese Begegnung war eine fundamentale Entdeckung. Dass jeder die Welt anders sieht, war uns damals schon lange klar. Elmar und ich hatten oft darüber diskutiert, wo die Schnittpunkte zwischen objektiver und subjektiver Wahrnehmung denn eigentlich lägen. Aber dass sich unsere Wahrnehmungen vollkommen decken könnten, war mir vorher nicht klar gewesen. Doch in den Trauner Auen im Winter, nachdem wir zusammen einen Joint geraucht hatten, waren unsere Blicke synchron. Elmar hat das nachher bestritten und behauptet, dass ich mir aufgrund des Joints nur eingebildet habe, dass wir das Gleiche gefühlt und gesehen hätten, aber ich weiß, dass es genauso war. Ich weiß, dass Elmar genau dasselbe gesehen, gehört und empfunden hat wie ich. Durch die schwarzen Pupillen der Augen kann man eindringen in die Nervenbahnen eines anderen Menschen und dort herumspazieren in seinen Gefühlen. Elmars Gefühle, die auch meine waren, verließen ihr Gefängnis und offenbarten sich. Nein, wir waren kein Paar, das sich einrichten würde in der allgemeinen Übereinstimmung, keiner von uns wäre imstande, den Kompromiss einzugehen, der Liebe genannt wird. Es war der Tag unserer Verschmelzung, bevor wir noch miteinander geschlafen und uns dann viel später wieder getrennt hatten.

Wenn mehr Menschen bewusstseinserweiternde Drogen nähmen oder wenigstens ab und zu Marihuana rauchen würden, wären sie vielleicht besser imstande, Unsichtbares zu erkennen. Ein Virus zum Beispiel sieht man nicht. Und weil unsere Augen das wichtigste Sinnesorgan sind, sind wir sozusagen von Natur aus gar nicht imstande, es wahrzunehmen. Solange wir uns nicht selbst angesteckt haben, bleibt irgendwo in unserem Bewusstsein der Verdacht, es gäbe gar keine Gefahr. Und selbst wenn wir uns angesteckt haben, aber symptomlos sind oder nur ganz leichte Symptome haben, bestätigt uns diese Erfahrung, es sei alles nur halb so schlimm. Tatsache ist aber, dass wir mit einem neuen Virus, das wir weder sehen noch spüren, konfrontiert sind, das unser Körper noch nicht kennt und das ihn zerstören kann. Das weiß nicht einmal der Körper selbst auf Anhieb.

In einem Frühling der späten sechziger Jahre erwachte mein Körper. Ich weiß nicht, wie ich es sonst ausdrücken soll. Ich roch mehr und intensiver als früher, hörte das Rauschen der Luft, spürte jeden Windhauch auf meinem Körper. Auf Wiesen rannte ich plötzlich los, bis ich mich vor Erschöpfung hinlegen musste. Manchmal, wenn niemand mich sah, wälzte ich mich im frischen Gras. Am liebsten hätte ich Erde gegessen. Stattdessen aß ich alle wilden Kräuter: junge Brennnesseln, Gänseblümchenköpfe, Distelböden, Rotkleeblüten, Sauerampfer, besonders gerne die würzige, scharfe Brunnenkresse. Im Wald zog ich meine Schuhe aus und ging barfuß über sonnenwarme Moosballen, die meine Fußsohle ganz ausfüllten, oder über Tannennadeln, bis nicht nur die Sohlen, sondern der ganze Körper kribbelte. Das kalte Wasser eines glasklaren Bachs an meinen Füßen brachte mich zum Hyperventilieren. Viel später, als ein grauer Schleier zwischen mir und der Natur niederfiel, war das das Schlimmste: Ich sah die Natur zwar noch, wenn auch viel weniger farbig und verlockend, aber ich spürte sie nicht mehr.

Elmar war ein verschlossener Typ. Das zeigte sich schon an seiner Körperhaltung. Er stand meistens schräg vor anderen Menschen. Mit einer Schulter grenzte er sich ab. Andrerseits hatte er die Ausstrahlung eines Popstars. Das lag nicht nur an der schweren dunkelbraunen Lederjacke, die er stets trug, und an seinen langen lockigen Haaren und dem Gesicht mit den hohen Backenknochen, in dem sich Falten abzeichneten. Er hatte wie ein junger Dackel einfach zu viel Haut. Bei den meisten Menschen wächst der Körper irgendwann in seine Haut hinein, indem der Betreffende zunimmt. Das war bei Elmar nicht der Fall. Im Gegenteil. Er nahm dann später im Leben immer mehr ab, wurde hager und die Gesichtshaut straffte sich irgendwann doch über den Backenknochen, so dass die Struktur seines Gesichtsschädels immer deutlicher wurde. Die Ausstrahlung Elmars beruhte auf dem Widerspruch zwischen seiner Verschlossenheit und einer jederzeit spürbaren Sehnsucht, diese Verschlossenheit meilenweit hinter sich zu lassen, wenn nur etwas käme, ein einzelner Mensch oder eine neue Gesellschaft, dem oder der er vertrauen könnte. Die meisten Popstars haben diese Ausstrahlung. An sich war Elmar kein kommunikativer Typ, er hatte auch keine besondere Lust am Widerspruch. Im Grunde sehnte er sich nach einer widerspruchsfreien, fraglosen Übereinstimmung. Ein Charakterzug, der für einen Agitator ziemlich hinderlich ist. Elmar machte alles über den Kopf. Er war sehr intelligent, las viel und konnte das Gelesene unmittelbar und in eigenen Worten wiedergeben. Dazu kam sein Talent zur Verknüpfung verschiedenster Wissens- und Lebensbereiche. Robert hatte neben ihm keine Chance.

Robert hatte ich beim Abschlussball der Tanzschule kennengelernt. Ich war dort mit meinem Tanzpartner aus der Tanzschule gewesen und hatte nicht viel Hoffnung auf einen angenehmen Abend. Meine Eltern waren auch dabei. Es gibt ein Foto, auf dem ich mit meinem Vater die Quadrille tanze. Auf dem Foto knickse ich vor meinem Vater, der sich über meine Hand neigt. Ich hatte ausnahmsweise ein Kleid an, das mir stand. Wahrscheinlich hatte unsere Nachbarin es genäht und nicht meine Mutter, deren Kleider immer so sackförmig waren. Irgendeine Friseurin hatte meine Haare streng aus dem Gesicht gebunden und einen falschen Haarschopf am Hinterkopf befestigt, so dass es aussah, als hätte ich schulterlange Haare. Ein paar Strähnen meiner eigenen, viel kürzeren Haare fielen, zu Locken gedreht, auf Stirn und Schläfen herab. Meine Eltern mochten meinen Tanzpartner aus der Tanzschule, was kein Wunder war: Er hatte kurze Haare und eine Brille. Robert forderte mich erst zum Tanzen auf, nachdem meine Eltern um Mitternacht nach Hause gegangen waren. Ich kann mich genau erinnern, wie er an den Tisch kam, an dem ich mit meiner Freundin Gabi und ein paar anderen Mädchen aus meiner Klasse saß und Coca Cola trank. Er kam mit einem Schulkollegen, und sie verneigten sich übertrieben tief vor meiner Freundin und mir, um uns zum Tanzen aufzufordern. Robert lächelte, wobei seine Haare ihm vorne in die Stirn fielen. Sein schwarzer Schnurrbart, der eher die Andeutung eines Schnurrbartes war, zuckte dabei ein bisschen nach oben. Ich fand ihn sofort süß. Robert war auch süß. Wir wechselten nach zwei konventionellen Tänzen in die Disco des Kaufmännischen Vereinshauses in Linz, wo alle Schülerbälle stattfanden. Die Disco war dicht besetzt und so laut, dass wir keine zwei Worte wechseln konnten. Was auch egal war, Roberts Lächeln war freundlich und offen und ein kleines bisschen ironisch. Er hatte große braune Augen mit langen Wimpern. Ein Typ, dem man sofort sein gesamtes Bargeld anvertrauen würde. Was ich auch tat, weil ich mein Balltäschchen nicht überallhin mitschleppen wollte. Robert steckte das Geld in seine Brusttasche. Nachdem wir vom Tanzen völlig verschwitzt waren, zeigte er mir einen kleinen Raum ein Stockwerk höher, in dem wir rauchen konnten. Es stellte sich heraus, dass Robert die HTL besuchte, was ich mir gleich hätte denken können. In keinem Linzer Gymnasium sonst hatten die Schüler auch nur den geringsten Ansatz eines Schnurrbartes. Robert hatte auch eine ältere Schwester, die ebenfalls in den winzigen Raum im dritten Stock rauchen kam und außerdem eine kleine Flasche Sekt in ihrer recht geräumigen Tasche aus weißem Satin mitbrachte, die sie uns schenkte. Die Preise für Getränke seien bei Bällen unverschämt, sagte sie, und dass sie in einer anderen Tasche in der Garderobe noch ein paar Piccolos aufbewahrt habe. Wir tranken den Sekt, rauchten, und Robert blies mir den Schweiß auf der Stirn trocken. Mir war ziemlich schlecht. Nachdem seine Schwester auch noch einen zweiten Piccolo herangeschleppt hatte und Robert und ich ihn ausgetrunken hatten, wurde mir schwindlig. Ich hatte damals öfter Kreislaufprobleme, weil ich so dünn war. Robert legte einen Arm um mich, als ich zum Fenster hinauskotzte. Es war mir kein bisschen peinlich. Robert auch nicht. Vor dem Vereinshaus setzte er sich dann auf die eiskalten Stufen, während ich auf das Taxi wartete, das meine Eltern vorsorglich für zwei Uhr nachts bestellt hatten. Er klopfte auf seinen Schoß, und ich setzte mich auf ihn. Dann schlang er seine Arme um mich und wärmte mich. Robert war ein Mensch ohne jeden Hintergedanken, alles, was ich mit ihm unternahm, war völlig selbstverständlich. Sogar als wir uns küssten.

Ich traf mich eine Weile allein mit Robert, bevor ich ihn in den Aufgabenhilfsdienst mitnahm. Elmar fand Robert sofort sympathisch und versuchte ihn für die Schülerinitiative zu gewinnen, aber Robert mochte Elmar nicht und kam nie mehr mit ins Gewerkschaftsheim.

Ich wäre damals gar nicht auf die Idee gekommen, mich zwischen Robert und Elmar zu entscheiden. Sie waren doch ganz verschiedene Menschen. Robert nannte mich Wucki. Wir gingen miteinander eislaufen, schwimmen, tanzen und ins Kino, und manchmal saßen wir nur einfach an der Donauländе und schauten aufs vorbeifließende Wasser. Mit Robert ging ich sogar wandern. Wenn ich müde wurde, trug er mich huckepack durch die Gegend. Er hatte immer etwas zu trinken und ein paar Brote oder einen Apfel dabei. Wenn ich ihm von den Problemen mit meinen Eltern oder den Lehrern erzählte, strich er mir beruhigend über den Kopf oder wiegte mich in seinen Armen hin und her. Er selbst hatte weder mit Lehrern noch mit seinen Eltern Probleme. Manchmal, wenn sein Unterricht früher endete als meiner, holte er mich von der Schule ab und trug meine Schultasche bis zu mir nach Hause. Meine Mutter mochte ihn, obwohl er einen Bart und keine Brille hatte. Es gelang ihm sogar, mit ihr zu scherzen. Nur geschlafen haben wir nie miteinander. Ich weiß nicht, woran es lag. Vielleicht, weil man, wenn alles selbstverständlich ist, nicht auch noch miteinander schlafen kann. Oder Robert wartete, ob ich mich von Elmar trennte, oder er war impotent oder nur viel zu nett, um einfach mit einem Mädchen zu schlafen. Ich versuchte jedenfalls alles. Wenn seine Eltern übers Wochenende im Mühlviertel bei den Verwandten waren, lagen wir angezogen im Ehebett seiner Eltern und küssten uns. Manchmal geriet ich dabei völlig außer Kontrolle, keuchte, drängte mich an Robert, wälzte mich auf ihn und mit ihm herum, aber Robert machte keine Anstalten, mit mir zu schlafen.

Eines Tages fragte Robert, ob ich mit Elmar geschlafen hätte. Ich verneinte sofort, aber Robert glaubte mir nicht. Er hätte gehört, sagte er, dass ich mit Elmar ein Wochenende in Hellmonsödt verbracht hätte. Das konnte er nur vom schönen Ronny gehört haben, der ja auch in die HTL ging und der in Hellmonsödt so oft mit meiner Freundin geschlafen hatte, bis sie davon Kopfschmerzen bekam. Wahrscheinlich konnte sich Ronny, der keinerlei politische Ziele verfolgte, gar nicht vorstellen, dass jemand tatsächlich wegen des Kapitalarbeitskreises nach Hellmonsödt gefahren war. Robert zog sich etwas zurück. Wir wussten jetzt bei unseren Treffen manchmal nicht, was wir miteinander anfangen sollten. Einmal lud er mich zu sich nach Hause ein, als seine Eltern und seine Schwester übers Wochenende bei der Großmutter im Mühlviertel waren. Wir versuchten, miteinander zu schlafen, aber es gelang uns nicht. Anschließend klammerten wir uns aneinander und weinten.

Roberts Eltern waren ein wenig roh, aber sehr nett und gastfreundlich. Robert wurde jedes Mal rot im Gesicht, wenn der Vater einen groben Witz erzählte und seine Mutter darüber schallend lachte. Ich mochte die beiden aber gerne. Als sie mich einluden, mit ihnen und Robert zur Großmutter ins Mühlviertel zu fahren, war ich sofort begeistert. Meine Eltern nicht. Sie berieten sich lange und beschlossen dann, hauptsächlich auf die Fürsprache meiner Mutter hin, dass wir alle zusammen zu Roberts Großmutter ins Mühlviertel führen. Obwohl Roberts Eltern beide Hilfsarbeiter waren, verstanden sich unsere Eltern dann gut. Besonders die beiden Väter. Sie gingen zusammen in den Stall, in dem die Großmutter Schweine hielt, und misteten ihn aus. Meine Mutter unterhielt sich mit Roberts Mutter über Balkonpflanzen. Sie verstand sich sogar mit der Oma, mit der sie sich des Dialekts wegen gar nicht verständigen konnte, nachdem die Oma ihr verschiedene gerahmte Stoffbilder gezeigt hatte, auf denen sie in alter Mühlviertler Tradition Sprüche wie »Eigener Herd ist Goldes wert« mit hellblauem Garn auf blassrosa Stoff gestickt hatte. Ein anderer Spruch lautete: »Höre nicht, was Menschen sagen, tue ruhig deine Pflicht. Gott wird nicht die Menschen fragen, wenn Er dir dein Urteil spricht.« Besonders gefiel meiner Mutter: »Wenn dich des Schicksals Leiden treffen, so fange nicht zu klagen an, du sollst die Worte nicht vergessen, was Gott tut, das ist wohlgetan.« In Rot auf weißem Stoff mit üppiger, girlandenartiger Ornamentik rundherum. Erstaunlicherweise gefiel ihr sogar »Gab nur mit meinem Mann Verdruss, sobald er Geld hergeben muss.« Die Oma und sie lachten lange darüber. Nur mit dem in der Tat sehr merkwürdigen Spruch – in Dunkelblau auf kräftigem Rosa, konnte sie nichts anfangen: »Bist du Amboß, sei geduldig, bist du Hammer, schlage zu.« Meine Mutter schaute die Oma von Robert fast bewundernd an, so wie sie sonst nur Tante Steffi, bei der sie den Nähkurs absolvierte, anschaute. Robert und ich gingen hinter dem Haus der Oma Hand in Hand über eine weite Wiese spazieren, und Robert sagte, dass er sehr glücklich sei, dass wir uns kennengelernt hatten. Alles war so selbstverständlich, dass ich mich nicht einmal gewundert hätte, wenn Robert mir auf der Wiese hinter dem Haus seiner Oma im Mühlviertel einen Heiratsantrag gemacht hätte. Meine Mutter hatte später Probleme mit dem Abendessen. Es gab Mehlknödel, die in Fett schwammen. Sie bekam sofort Durchfall und wollte unversehens aufbrechen. Roberts Vater überredete schließlich meinen Vater, mich doch übers Wochenende bei ihnen im Mühlviertel zu lassen. Obwohl meiner Mutter furchtbar schlecht war, beschwor sie Roberts Eltern, mich auf keinen Fall mit Robert in einem Zimmer schlafen zu lassen. Roberts Mutter versprach es hoch und heilig. Roberts Vater und mein Vater schienen peinlich berührt. Aber ich durfte bleiben. Da das Haus der Mühlviertler Oma winzig klein war, ging die Sache dann so aus, dass Robert und seine Schwester in der Küche auf der Bank rund um den Kachelofen schliefen, seine Oma und seine Mutter in der Stube auf Matratzen, und Roberts Vater und ich im Ehebett. Das heißt, Roberts Vater kam erst ins Bett, als ich längst schlief. Am nächsten Tag beim Frühstück verkündete er dann, dass er die vergangene Nacht mit einer Jungfrau geschlafen habe. Alle, außer Robert und ich, lachten sehr darüber.

In der folgenden Woche rief mich Roberts ältere Schwester in aller Herrgottsfrühe, also noch vor der Schule an, und fragte mich, ob Robert und ich wirklich noch nicht miteinander geschlafen hätten. Als ich bejahte, sagte sie, dass sie sich Sorgen um ihren Bruder mache. Das sei doch nicht normal, sagte sie, und ob ich glaube, dass er vielleicht schwul sei. Das Gespräch war mir sehr unangenehm, zumal ich nicht viel mehr als ja oder nein sagen konnte, weil meine Eltern zuhörten. Eines war mir aber vollkommen klar: Robert war sicher nicht schwul.

Eines Tages, als ich mit Elmar und unserer Clique im *Café Central* saß, kam Robert dazu. Elmar erklärte gerade, warum Ionesco es nicht mit Beckett aufnehmen könne. Robert setzte sich uns gegenüber hin und sah uns an. Beckett, sagte Elmar, gehe im Vergleich mit Ionesco viel tiefer. Während Ionesco oberflächlich Gesellschaftskritik betreibe, sei Beckett mitten ins Herz einer desolaten, nicht mehr zu rettenden, hoffnungslosen Gesellschaft vorgestoßen. Robert nickte langsam, dann stand er auf und ging. Ich habe ihn nie mehr gesehen.

Zwei Jahre später erfuhr ich, dass er eine Beziehung mit meiner Schulkollegin Gini eingegangen war. Gini war außer meiner Freundin Gabi meine liebste Schulkollegin. Sie war klein und wendig und sehr hübsch, hatte kurze, dunkelblonde Haare und lachte viel. Ich hoffe bis heute, dass die beiden zusammengeblieben sind.

Elmar war mein Schutzmann. Schutz vor bürgerlichen Bindungen, aus denen ich mich vielleicht nicht mehr hätte befreien können, Schutz vor Romantik und Heroin.

Es war eindeutig eine Falle gewesen, die Elmars Eltern uns mutwillig gestellt hatten. Sie brachen lautstark zu einem Sonntagsspaziergang in die Trauner Auen auf. Elmar zog sein Bett im Gang der Wohnung aus, kaum hatten sie die Tür hinter sich geschlossen. Die Wohnung von Elmars Eltern hatte außer der Küche nur zwei Zimmer. Das Schlafzimmer seiner Eltern und das Wohnzimmer, in dem seine Schwester auf einer Ausziehcouch schlief. Elmar schlief im Gang, wo er einen Vorhang um das Bett ziehen konnte. Wir zogen den Vorhang aber gar nicht zu, weil seine Schwester sowieso bei ihrer Freundin zu Besuch war. Ich glaube, seine Eltern waren nicht einmal zu ihrem Spaziergang aufgebrochen, sondern lauerten hinter der Eingangstür. Im richtigen Moment sperrten sie die Eingangstür wieder auf. Ich war gerade noch in allerletzter Sekunde mit meinen Kleidern in das Badezimmer gehuscht, das dem Bett gegenüber lag, wo ich mich einsperrte. Elmar blieb einfach liegen. Durch die geschlossene Badezimmertür hörte ich Elmars Mutter ununterbrochen reden. Was sie sagte, verstand ich nicht. Elmars Mutter kam aus dem Banat und hatte eine hohe, auf- und abschwingende Stimme. Es hörte sich vom Badezimmer aus an, wie ein Rezitativ, das ich aus den Opern kannte, die mein Vater am Wochenende gern hörte. Ich zog mich zitternd an, während Elmars Mutter bereits an der Badezimmertür klopfte. Aber ich wollte nicht rauskommen. Nicht weil ich Vorwürfe oder zumindest Vorhaltungen befürchtete, sondern weil es mir so demütigend erschien, bei etwas erwischt geworden zu sein, das Elmars Eltern nichts anging. Elmar überredete mich schließlich, aus dem Badezimmer zu kommen. Irgendwann musst du sowieso da raus, sagte er, was mir einleuchtete. Elmars Mutter hatte inzwischen den Küchentisch gedeckt. In der Mitte stand eine Schwarzwälder Kirschtorte, in vier Tassen war bereits Kaffee und Milchschaum gefüllt. Während ich mich setzte, redete sie ununterbrochen weiter. Mir fiel ein, dass mein Vater einmal gesagt hatte, dass man Rezitative auch »plapperndes Parlando« nannte. Während sie mir ein Riesenstück Schwarzwälder Kirschtorte mit sehr viel Schlagobers auf den Teller lud, sprach Elmars Mutter davon, dass der Geschlechtsverkehr etwas ganz Natürliches sei, besonders für einen Knaben in Elmars Alter, und dass ich mich nicht dafür schämen müsse. Es war so peinlich. Aber sie hörte nicht auf. Schließlich kam sie auf ihr Hauptthema zu sprechen: die Verhütung. Ob wir denn verhüteten, fragte sie mich. Ich stopfte ein großes Stück Schwarzwälder Kirschtorte in mich hinein, um nicht antworten zu müssen. Aber sie redete ohnehin ohne Unterbrechung weiter. Elmar, sagte sie, sei zu jung für ein Kind und dürfe sich keineswegs sein ganzes Leben vermasseln. Ich solle die Pille nehmen. Das sei das Sicherste. Ab da erinnere ich mich nicht mehr, was Elmars Mutter noch sagte. Ich sah nur ihr rundliches Gesicht mit den ausgeprägten Backenknochen und dem kleinen flinken Mund, der ununterbrochen auf- und zuging, wobei ein winziger Rest Schlagobers sich an ihrer Oberlippe auf-

und absenkte. Hinter ihr hing eine hellblaue Küchenuhr an der Wand, deren Sekundenzeiger bei jeder neuen Sekunde »tik« machte, was mir schließlich wie ein unerträgliches Hämmern vorkam. Ich sah auch den Kühlschrank, von dem Elmar gesagt hatte, dass seine Mutter ihn versperrte, wenn er nicht rechtzeitig zum Essen nach Hause kam. Ich sagte nichts und aß so viel Schwarzwälder Kirschtorte, bis mir schlecht war. Elmar und sein Vater aßen ebenfalls ein Stück Schwarzwälder Kirschtorte nach dem anderen und sagten auch nichts. Ich erinnere mich, dass irgendwann die jüngere Schwester von Elmar nach Hause kam und heulte, weil nur mehr ein schmales Stück Torte übrig war. Wie ich nach Hause gekommen bin und ob Elmar mich begleitete und ob wir dabei über seine Mutter sprachen, weiß ich nicht mehr.

Vera sorgte schließlich dafür, dass ich die Pille verschrieben bekam. Sie hatte in ihrer Art, mir indiskrete Fragen ganz nebenbei zu stellen, in Erfahrung gebracht, dass ich keine Jungfrau mehr war. Daraufhin fragte sie, ebenfalls wie nebenbei, ob ich verhütet hätte. Nachdem ich verneint hatte, weil ich ja sowieso die Regel nach wie vor nicht bekäme, erzählte sie, dass sie in Linz einen Gynäkologen kenne, bei dem sie mich anmelden werde, wobei sie erwähnte, dass sie mit diesem Gynäkologen während ihrer Zeit in Linz eine Liaison gehabt habe. Da ich die Regel nicht bekäme, könne man meiner Mutter die Sache mit der Pille sogar als Therapie verkaufen. Ich war bis dahin noch nie bei einem Gynäkologen gewesen und hatte auch keine Lust dazu. Schon gar nicht, wenn dieser Gynäkologe mit meiner Halbschwester eine Liaison gehabt hatte. Aber das war Vera egal. Sie meldete mich noch am selben Tag zu einem Termin an, und ich konnte gleich am übernächsten Tag drankommen.

Für mich drängte die Zeit. Ich musste unbedingt herausbekommen, wie man sich überhaupt bei einem Gynäkologen verhielt. Ich hatte eine vage Ahnung von dem entsetzlichen Gynäkologenstuhl, wusste aber zum Beispiel nicht, ob man sich nur untenrum freimachte oder völlig nackt auf den Stuhl kletterte. Beides war gleich entsetzlich. Eigentlich unzumutbar. Meine Halbschwester wollte ich keinesfalls befragen.

Gabi war wegen ihrer heftigen Menstruationsbeschwerden bereits bei einem Gynäkologen gewesen, der ihr die Antibabypille gegen die Menstruationsbeschwerden verschrieben hatte. Wir setzten uns nach der Schule auf eine Bank am Spielplatz im nahe gelegenen Hummelhofwald, und sie erzählt mir alles. Selbstverständlich übertraf die Wirklichkeit mal wieder meine schlimmsten Vorstellungen. Während kleine Kinder mit bunten Schaufeln im Sandkasten wühlten, klärte mich Gabi über die Funktionsweise eines Gynäkologenstuhls auf. Der Stuhl habe, sagte sie, zwei Fußhalterungen links und rechts. Man klettere zuerst, untenherum nackt, auf diesen Stuhl, den der Arzt dann elektrisch hochfahren lasse. Gleichzeitig senke er die Lehne, so dass man fast flach daliege. Dann spreize man die Beine auf den Fußhalterungen auseinander, so dass der Gynäkologe auf einem Hocker mit Rollen genau in der Mitte zwischen den Beinen säße. Ich hatte es ja schon in meiner Kindheit geahnt, dass die Tatsache, eine Frau zu sein, mit ununterbrochenen Demütigungen einhergehen würde. Aber dass es so weit gehen würde, dass man einem völlig fremden Mann das eigene Geschlecht praktisch vor die Nase halten müsse, war nicht vorauszusehen gewesen. Gabi schilderte, wie der sogenannte Frauenarzt dann entweder seine rechte Hand oder einen langen kalten Eisenstab einführe und im Körper herumwühle. Mich schauderte, auf der Bank am Spielplatz sitzend. »Tut das weh?«, fragte ich sie. »Ja«, sagte Gabi, und nach einem kurzen Blick auf mich: »Aber es dauert nicht sehr lange.« Ich beobachtete zwei kleine Mädchen, die nichtsahnend ihre Sandkuchen buken. Anschließend, sagte Gabi, klettere man wieder von dem Gynäkologenstuhl herunter, sie hätte dabei vom Stuhl runterspringen müssen, weil der Arzt vergessen habe, die Lehne wieder hoch und den Stuhl wieder hinunterzufahren. Wir schwiegen eine Weile. Eines der kleinen Mädchen zerstörte mit seiner Schaufel den Sandkuchen des anderen Mädchens, worauf dieses dem ersten eine Schaufel Sand ins Gesicht warf. Beide heulten, und die Mütter, die sich gerade noch lachend unterhalten hatten, stürzten herbei, um ihre jeweiligen Töchter zu trösten.

Am nächsten Tag begleitete mich meine Halbschwester zu dem Gynäkologen. Ich hatte mich so angekleidet, wie es mir am passendsten für einen Gynäkologenbesuch erschien. Bluse, Rock und Socken. Bevor wir losgingen, nahm mir meine Halbschwester noch die Uhr ab, die an einem knallbunten Freundschaftsband, das ich selbst gemacht hatte, befestigt war. Außerdem die Halskette aus Muscheln. Den schwarzen Lidstrich, den ich neuerdings auftrug, rubbelte sie persönlich mit ihrem weißen Stofftaschentuch ab. Das mache einen besseren Eindruck, sagte sie. Ich hatte keine Ahnung, warum es auf den sogenannten Frauenarzt einen besseren Eindruck machen sollte, wenn ich kein selbst gebasteltes Freundschaftsuhrarmband trug, entschied aber, dass das angesichts der schrecklichen Gesamtunternehmung auch schon egal war. Mir war schlecht.

Der Gynäkologe war groß, dick und hässlich. Er küsste meine Halbschwester zur Begrüßung auf beide Wangen, mich beachtete er gar nicht. Erst als Vera die Geschichte meiner Menstruation erzählte – mit elf, sagte sie, das erste Mal, dann nicht mehr –, sah er mich an. Mir kam es abschätzig vor. Ohne jeden Übergang fragte er mich über meinen Haarwuchs unter den Achseln und im Intimbereich aus. Meine Halbschwester antwortete an meiner Stelle. Gott sei Dank blieb sie dann wenigstens während der Untersuchung im Wartezimmer.

Im Untersuchungszimmer herrschte gedämpftes Licht. Der sogenannte Frauenarzt setzte sich hinter einen gewaltigen Schreibtisch und notierte etwas in sein Notizbuch. Mit der freien Hand deutete er auf einen Wandschirm aus geflochtenem Rattan. Dort zog ich mich untenherum aus. Die Bluse und die Socken ließ ich an. Als ich ums Eck des Rattan-Wandschirms schaute, saß der Frauenarzt bereits vor dem gewaltigen Stuhl und schaute aus dem Fenster, hinter dessen Stores sich die Umrisse eines Baumes abzeichneten. Der gewaltige Gynäkologenstuhl schien aus Plastik zu sein und war gelblich weiß. Später habe ich einen ähnlichen Stuhl nur einmal in einer Motoryacht gesehen, wo er, allerdings ohne Halterungen für die Füße, als Kapitänssitz diente. Auf der Sitzfläche des Gynäkologenstuhls lag frisches, saugfähiges Krepppapier. Heute würde man sagen, ein großer Bogen Küchenrolle. Mir grauste, als ich hinaufkletterte, darauf bedacht, die Küchenrolle ja nicht zu verschieben. Ich dachte an alle die Frauen, die bereits auf dem Stuhl gesessen hatten. Besonders an meine Halbschwester, deren Liaison mit dem Gynäkologen womöglich auf dem Stuhl sitzend begonnen hatte. Kaum saß ich halbwegs gerade auf dem Stuhl, betätigte der Gynäkologe mit dem rechten Fuß einen Schalter auf dem Boden, und ein greller Spot Scheinwerferlicht fiel auf meinen Unterkörper. Gleichzeitig surrte der Stuhl als Ganzes in die Höhe, und die Rückenlehne senkte sich ab. Aus meiner neuen, liegenden Position konnte ich den Gynäkologen nicht mehr sehen. Gott sei Dank. Ich hatte keine Lust, ihm auch noch zuzuschauen, wie er in mich hineinschaute. Ich hörte mehr, als ich sah, dass er Gummihandschuhe anzog, die er offenbar mit einer Flüssigkeit eingerieben hatte, die sich eiskalt in meinem Leib anfühlte. Sie war außerordentlich glitschig, weswegen es wenigstens nicht wehtat, als er in meinem Körper herumfuhrwerkte. Ich verkrampfte mich trotzdem total, weil ich noch die Eisenstange erwartete. Kurz befiel mich die Vorstellung, ich könnte mich derart verkrampfen, dass der Gynäkologe seinen Arm nicht mehr aus mir herausziehen könne und wir in dieser Lage ausharren mussten, bis meine Verkrampfung, vielleicht erst nach Stunden, nachließ. Die Eisenstange verwendete der Gynäkologe dann gar nicht. Er stand plötzlich auf und ging wieder zu seinem Schreibtisch. Einen Moment wusste ich nicht, ob die Untersuchung nun beendet war oder ob sich der Gynäkologe kurz an seinem Schreibtisch ausruhen musste, bis er weitermachen könnte. Da er keine Anstalten machte, zu seinem Hocker auf Rollen zurückzukehren, machte ich mich an den Abstieg vom Stuhl. Genau wie bei meiner Freundin Gabi hatte der Frauenarzt vergessen, die Lehne wieder hinauf- und den Stuhl hinunterzufahren. Der Scheinwerfer war ebenfalls noch an. Ich löste meine Füße aus den Halterungen und rutschte in grellem Scheinwerferlicht mit dem Körper auf der Küchenrolle weit nach vorne, um überhaupt absteigen zu können. Als ich so weit nach vorne gerutscht war, dass ich mich aufrichten konnte, fiel die Küchenrolle von der Kante des Stuhls auf den Boden, und ich berührte mit dem Hintern den grauslichen weißlich gelben Plastikstuhl. Vor Schreck sprang ich sofort ab und hätte beinahe den Scheinwerfer umgestoßen, der rechts vor mir stand. Ich eilte hinter den Rattan-Wandschirm und setzte mich erschöpft auf den Hocker hinter dem Schirm, auf dem ebenfalls ein Stück Küchenrolle lag.

Als ich vollständig angezogen wieder hervorkam, saß Vera ihrem ehemaligen Gynäkologen-Liebhaber gegenüber. Die beiden waren bereits in ein Gespräch über meine Menstruation vertieft. Ich stand neben dem Besucherstuhl, auf dem meine Halbschwester saß, und hörte, wie er ihr erklärte, dass das beste in meinem Falle die Verschreibung der Anti-Babypille sei, die eine regelmäßige Menstruation vortäuschen würde. Vera lächelte, und der Arzt auch. Mich sah er dabei gar nicht an. Kurze Zeit später betraten wir eine Apotheke, in der Vera das Rezept vorwies, worauf ihr die Antibabypille ausgehändigt wurde, die sie dann an mich weiterreichte.

Die Pillen waren pinkfarben. Meiner Erinnerung nach waren sie in einem handlichen runden Pillendosierer untergebracht, in dessen einundzwanzig Fächern sich jeweils eine Pille befand. Die Box konnte man weiterdrehen, so dass sie immer nur eine Pille auf einmal freigab. Ich fand den Pillenbehälter ausgesprochen elegant. Gabi hatte die Pille nur in einem ganz normalen Aluminiumstreifen mit einundzwanzig herauszudrückenden Pillen bekommen. Aber es war ja von vornherein klar gewesen, dass meine Halbschwester nur mit einem ganz besonderen Gynäkologen, der ganz besondere Pillen verschrieb, eine Liaison gehabt haben konnte. Die Nebenwirkungen, die auf dem Beipackzettel standen, waren mannigfach. Es stand zum Beispiel auf dem Beipackzettel, dass eine Gewichtszunahme durch die Pilleneinnahme erfolgen konnte. Aber das war mir egal. Im Gegenteil! Ich war damals so dünn, dass ich manchmal heimlich eine Riesenschüssel gezuckertes Schlagobers aß, weil ich zunehmen wollte. Besonders am Busen und am Hintern. Aber es nützte nichts. Übrigens half auch die Pille diesbezüglich nicht. Andere Nebenwirkungen waren Depressionen, Übelkeit, Kopfschmerzen, allgemeine Lustlosigkeit. Das hatte ich alles ohnehin, und die gefährlichsten Nebenwirkungen wie Krebs, Schlaganfall, Herzinfarkt, Bluthochdruck bestanden meiner Meinung nach sowieso nur für ältere Frauen.

Meine Halbschwester berief einen Familienrat ein, was vor allem der Absicht galt, meinen Eltern schmackhaft zu machen, dass es für mich notwendig sei, die Antibabypille zu nehmen. Mein Vater nahm an dem Familienrat nicht teil. Er war grundsätzlich gegen die Antibabypille und runzelte allein bei ihrer Erwähnung die Stirn. Meine Mutter war auch gegen die Antibabypille, aber sie war auch gegen das Ausbleiben meiner Monatsblutung. Und genau da setzte meine Halbschwester an. Wobei sie sich auf den Gynäkologen berief. Ausbleibende Monatsblutungen, sagte sie, könnten im späteren Leben zu Vermännlichung, also tiefer Stimme, starker Körperbehaarung und letztlich zu Kinderlosigkeit führen. Das alles wollte meine Mutter auf keinen Fall. Die Pille hingegen, fuhr sie fort, sorge für eine regelmäßige, allerdings nicht zu starke und zu lange andauernde Scheinregel und würde auf diese Weise den weiblichen Regelzyklus vorantreiben.

Das Rätsel, weshalb ich eine Pille nehmen sollte, die die Regel nur vortäuschte, löste sich nie. Auch meine Mutter hinterfragte die Angelegenheit niemals. Sie erinnerte mich jeden Morgen vor der Schule an das Einnehmen der Antibabypille.

Meine Regel wurde in der Folge immer weniger und blieb schließlich auch mit Antibabypille ganz aus. Das sagte ich aber niemandem. Ich tat so, als ob ich jeden Monat meine Regel bekäme, stopfte Binden in meine Unterhose und ließ mir von meinem Vater Entschuldigungen für den Turnunterricht schreiben. »Um die Freistellung vom Turnunterricht wegen starker Menstruationsbeschwerden wird gebeten«, schrieb mein Vater. Bei Gabi zeigte sich übrigens das gleiche Phänomen. Nachdem sie vor der Antibabypille eine volle Woche lang unter heftigsten Bauchschmerzen geblutet hatte, wurde jetzt ihre Regel ohne Bauchschmerzen immer weniger, bis sie schließlich auch bei ihr vollkommen ausfiel. Wir waren sehr zufrieden.

Wenn mein Schwager und meine Halbschwester bei uns in Linz zu Besuch waren, blockierte mein Schwager morgens ungefähr eine Dreiviertelstunde lang das Badezimmer. Uns allen, einschließlich Vera, war es ein Rätsel, was er so lange im Bad machte. Er duschte jeden Morgen in unserer Badewanne (wir hatten keine separate Dusche, sondern nur einen Duschkopf über der Badewanne, den wir selbst nie benutzten), soviel stand fest. Das hörte man in der ganzen Wohnung an der rauschenden Wasserleitung. In den siebziger Jahren des vorigen

Jahrhunderts duschte man nicht jeden Tag. Man badete einmal die Woche in der Badewanne, alles andere galt als übertrieben. Mein Schwager rasierte sich auch jeden Tag, was man an seinem Gesicht sah, weil er abends ein blaues Stoppelkinn und morgens ein bleiches Babypopokinn hatte. Außerdem verwendete er offenbar ein besonders nachhaltiges Aftershave, so dass unsere ganze Wohnung noch tagelang, nachdem er längst abgereist war, nach Patschuli roch. Wie in einem orientalischen Puff, sagte mein Vater. Er selbst verwendete ausschließlich Irish Moos, das eher nach Moschus roch. Aber selbst wenn mein Schwager jeden Tag in der Früh duschte, sich rasierte und die Zähne putzte, konnte das doch unmöglich eine Dreiviertelstunde lang dauern. Meine Halbschwester sagte, er creme sich nach dem Duschen auch den ganzen Körper ein, außerdem schneide er täglich Finger- und Fußnägel und zupfe Haare aus der Nase und den Ohren. Irgendwie eklig. Der Rest unserer Familie brauchte jeweils knapp fünf Minuten morgens im Badezimmer. Wenn mein Schwager nach einer Dreiviertelstunde aus dem Badezimmer kam, setzte er sich in den ausladenden schlammfarbenen Fernsehstuhl meiner Mutter, der sich unter ihm zu verkleinern schien. Was an seinen langen Beinen lag. Es hatte überhaupt den Anschein, als ob unsere Vöestwohnung für meinen Schwager einfach zu klein wäre. Die Toilette erreichte er vom Wohnzimmer aus mit drei Schritten. Auch die Zimmerdecke war für ihn zu niedrig. Das heißt, sie war nicht wirklich zu niedrig, aber mein Schwager bewegte sich in unserer Vöestwohnung meist ein wenig gebückt, so als ob die Zimmerdecke für ihn zu niedrig wäre. Zudem stand er ohnehin ungern auf, wenn er erst einmal saß. Im Gegensatz zu meiner Halbschwester, die ständig in der Wohnung herumlief. Mein Schwager verwuchs sozusagen mit dem Fernsehsessel meiner Mutter, packte seine Pfeifen und den Tabak aus, stopfte, reinigte und stopfte verschiedene Pfeifen, trank Tee und rauchte. Dabei unterhielt er sich am liebsten mit mir. Für mich war es eine ausgezeichnete Ausrede, nicht mit meinen Eltern und mit Vera nachmittags um den Pichlingsee herumspazieren zu müssen oder gar den langweiligen Freinberg hinaufzulatschen. Außerdem erzählte mein Schwager die unglaublichsten Geschichten. Zum Beispiel über seine Schulzeit in einem englischen Internat in Kapstadt, wo es sogenannte Tutoren gegeben hatte. Das waren die älteren Schüler, die die jüngeren ganz nach Belieben traktieren durften, indem sie diese zum Beispiel zwangen, sich auszuziehen und minutenlang eiskalt zu duschen. Oder sie banden die jüngeren Schüler nachts an ihrem Bett fest und rasierten ihnen eine Glatze. Mein Schwager musste seinem persönlichen Tutor – jeder Anfänger hatte einen persönlichen Tutor – das Klo anwärmen, bevor der sich draufsetzte. Und zwar mit nacktem Hintern. Unvorstellbar! Aber mein Schwager sagte, es sei alles halb so schlimm gewesen. Wahrscheinlich hatte er aufgrund dieser Erziehung so eine stoische Ruhe. Meinen Schwager brachte nichts aus der Fassung. Meine politische Einstellung war ihm völlig egal, obwohl er selbst durch und durch konservativ war. Er sprach auch ganz gelassen über Drogenkonsum und Gruppensex. Ich glaube aber nicht, dass er eines von beiden selbst praktizierte. Oft kam es mir so vor, als betrachtete mein Schwager das ganze Leben als sehr interessantes Experiment, an dem er nur am Rande beteiligt war. Wenn meine Eltern und meine Halbschwester hörten, dass mein Schwager aus seinem Leben erzählte, standen sie regelmäßig auf und machten sich in der Küche zu schaffen, oder mein Vater zeigte meiner Halbschwester Fotos aus ihrer Kindheit. Meine Mutter ging dann ins Badezimmer. Ich weiß nicht, was sie dort tat. Nach einer Weile brachen sie dann alle zu einem Nachmittagsspaziergang auf, mein Schwager und ich öffneten die Balkontür und rauchten. Er seine Pfeife, ich die langen, dünnen, schwarzen Zigaretten mit dem goldenen Filter, die er mir immer heimlich mitbrachte. Später in Indien, sagte mein Schwager, habe er Mathematik und Physik studiert. Er sagte, die Inder seien großartige Mathematiker. Da habe er nicht mitkönnen, weshalb er dann nach der Rückkehr der Familie nach Deutschland Architektur studiert habe, was ihn wegen der Verbindung von Mathematik und Ästhetik sowieso mehr interessiert habe. Wenn mein Schwager nicht dabei war, sagte meine Halbschwester, ihr Mann sei völlig unbegabt als Architekt. Seine Pläne seien entweder zu abgehoben oder zu banal. Das Architekturbüro, in dem er arbeite, setze ihn hauptsächlich als besseren Zeichner ein. Und auch das nur, weil er mit dem Erbe seiner Mutter an dem Büro beteiligt sei. Meine Halbschwester war der fixen Meinung, mein Schwager hätte zum Militär gehen sollen. Nur bei der Bundeswehr hätte er es zu etwas bringen können. Strikte Befehlsentgegennahme und Befehlsgewalt im Rahmen abgesicherter Rahmenbedingungen und Prinzipien.

Die beiden führten eine offene Beziehung, was immer das sein mochte. Mich brachten sie, jeder auf seine Weise, in ein ziemliches Dilemma.

Eines Tages lud Vera mich ein, ein Wochenende mit ihr in Karlsbad zu verbringen. Ich sagte zu, bevor ich noch wusste, dass sie mit ihrem Russischschüler, mit dem sie ein Verhältnis hatte, anreisen wollte. Das vertraute sie mir erst zwei Tage vor dem besagten Wochenende an. Am Telefon. Meine Halbschwester sagte am Telefon, dass ihr Russischschüler zwanzig Jahre jünger sei als sie selbst. Sie verspreche sich von unserem Wochenende zu dritt eine gewisse Belebung ihres Verhältnisses. Ich hatte keine Ahnung, wie sie das meinte. Zur Sicherheit wurde ich auf der Stelle krank. Ich bekam Husten, Halsweh, Schnupfen und 38° Fieber und blieb das Wochenende über im Bett.

Mein Schwager seinerseits holte mich eines Tages aus Linz ab, um mir, wie er sagte, Pfahlbauten am Hallstättersee zu zeigen. Dort kamen wir in ein fürchterliches Gewitter, kehrten in einem Gasthaus ein, in dem wir uns während des Gewitters mit Rotwein betranken. Korbinian schlug vor, am Hallstättersee in einer Pension zu übernachten. Auch da reagierte mein vegetatives System. Ich erlitt eine allergische Reaktion auf das Histamin im Rotwein, bekam rote Pusteln am ganzen Körper und Atemnot. Schließlich rief mein Schwager meinen Vater an, der mich sofort mit dem Auto abholte. Mein Schwager musste allein in Hallstatt übernachten, da er nicht mehr in der Lage war, Auto zu fahren.

Eines Sonntags im Winter, ich war da schon achtzehn und hatte bereits lange in der Schülergruppe mitgemacht und auch für die Schülerzeitung geschrieben, kam der Geist von 1968 auch bei meinen Eltern an. Es begann damit, dass meine Eltern freudestrahlend von der Sonntagsmesse heimkamen. Besonders meine Mutter strahlte. »Wir besuchen jetzt die Messe in der Vöestpfarre«, sagte sie. Damit sei endlich Schluss mit oberflächlicher Frömmelei. Wir alle seien verantwortlich für eine bessere Gesellschaft, führte sie aus, und sollten uns nicht auf den sozialen Errungenschaften ausruhen. Nächstenliebe habe nichts mit dem jeweiligen Glauben zu tun, sondern stünde über allen Religionen. Sie mistete aus Nächstenliebe gleich alle unsere Kleiderschränke aus und spendete unter anderem ein paar meiner und ein paar Lieblingskleidungsstücke meines Vaters für die Armen. Sie war wie ausgewechselt, voller Aktivitäten, bastelte Strohsterne für den Weihnachtsbasar und buk jeden Sonntag einen Guglhupf, »für unsere Diskussionsrunde nach der Messe«. An ihrem Geburtstag kam der Vöestpfarrer sogar persönlich mit einer Flasche Sekt zu uns. Vierzig Jahre später habe ich übrigens nach seinem Tod ein Vorwort zu einem Buch mit seinen Predigten verfasst. Leider hat meine Mutter das nicht mehr erlebt. Ich glaube, sie hätte sich gefreut. Damals war sie jedenfalls, für mich überraschend, plötzlich der Meinung, dass die Stahlarbeiter in der Vöest zu wenig Geld verdienten im Vergleich zu den Angestellten und dass in den Familien viel zu wenig gesprochen würde. Man könne schließlich über alles reden.

Wir redeten dann über ihren Sex. Das heißt meine Mutter redete über den Sex, den mein Vater immer noch von ihr wolle. Mein Vater schwieg. Nachdem wir Kaffee getrunken und Kuchen gegessen hatten, offenbar gehörte der Guglhupf jetzt zu allen Diskussionsrunden, stellte meine Mutter die Frage in dem Raum, ob Sex in ihrem Alter normal sei oder nicht. Meine Eltern waren damals achtundsechzig (mein Vater) und achtundfünfzig (meine Mutter) Jahre alt. Es war mir seit langem wieder einmal etwas richtig peinlich. Die schrecklichsten Vorstellungen drängten sich mir auf, wie mein Vater in dem dunklen, kalten Schlafzimmer meine Mutter verführen wollte. Ich schloss kurz die Augen. Aber meine Mutter ließ nicht nach und fragte mich unverblümt nach meiner Meinung. Ich schwieg lange und überlegte verzweifelt, was ich darauf antworten sollte. Wenn beide noch wollten, sagte ich schließlich, sei nichts dagegen einzuwenden. »Siehst du«, sagte meine Mutter daraufhin triumphierend zu meinem Vater.

Zur Reifeprüfung mussten wir – wegen des feierlichen Anlasses – schwarze oder dunkelblaue oder dunkelbraune Kleider tragen. »Reifeprüfung« ist auch so ein Wort. Prüfen, bis man reif ist wie Obst. Ich habe noch nie reifes Obst gemocht. Es beginnt auf seinem Höhepunkt bereits zu faulen. Meine Mutter entschied sich für Dunkelbraun. Schließlich, sagte sie fröhlich, ginge ich ja auf kein Begräbnis. Mir wäre Schwarz lieber gewesen. Sie begann bereits Monate vorher an meinem Kleid zu nähen. Es war aus Polyester, weil das, wie meine Mutter sagte, nicht schmutze und nicht knittere, falls ich während der Matura, wie die Reifeprüfung in Österreich heißt, stundenlang herumsitzen und warten müsste. Ich weiß heute noch ganz genau, wie das Kleid aussah. Es hatte am Oberteil Abnäher für den Busen, den ich nicht hatte. Die Abnäher standen wegen des fehlenden Busens ein wenig vom Oberkörper ab. Bis zur Hüfte war das Kleid relativ eng geschnitten, was für die Kleider, die meine Mutter für mich nähte, außergewöhnlich war, da sie meistens sackförmig am Körper herabfielen. Und zwar bis unter die Knie. Mein braunes Maturakleid reichte allerdings nicht einmal bis zum Knie. »Wir befinden uns ja nicht mehr im Mittelalter«, sagte meine Mutter. Der Stoff war glatt und irgendwie unangenehm kalt auf der Haut. Je näher es zur Matura hinging, desto dünner wurde ich. Die Tatsache, dass ich bei der Matura keinesfalls durchfallen durfte, weil ich mich nicht imstande sah, ein weiteres Mal anzutreten, setzte mir ziemlich zu. Ich lernte Tag und Nacht, ohne mich wirklich konzentrieren zu können. Das Schreckensgespenst einer Maturawiederholung oder auch nur der Wiederholung eines einzelnen Fachs, zum Beispiel Mathematik, verhinderte jede Gelassenheit. Besonders die schreckliche Aussicht, noch einen ganzen Sommer lang durchlernen zu müssen. Davon abgesehen, dass ich vor lauter Anspannung kaum etwas essen konnte, setzte sich auch das wenige, das ich aß, nicht an. Nachts konnte ich nicht einschlafen, und wenn ich endlich eingeschlafen war, schreckte ich zwei- oder dreimal in der Nacht schweißgebadet hoch. Zwei Wochen vor der Matura war ich nur mehr Haut und Knochen. Außerdem war ich leichenblass, weil ich kaum mehr vor die Tür ging. Alles erschien mir als Zeitverschwendung, sogar das Schlafen. Meine Eltern begannen sich Sorgen zu machen. Ich bekam jeden Tag mein Lieblingsessen. Das dunkelbraune Maturakleid schlotterte trotzdem bei jeder Anprobe noch ein bisschen mehr um meinen Körper.

In meinem Gedächtnis gibt es einen Mythologen und einen Archivar. Der Mythologe kümmert sich darum, aus den buntgewürfelten Ereignissen meines Lebens einen roten Faden zu weben, der schließlich in meinem jeweiligen Ich mündet. Selbstverständlich webt der Mythologe mein Leben lang an diesem, meinem Ich, lässt manches wieder fallen, um es später durch anderes zu ersetzen beziehungsweise einzuweben. Er ist naturgemäß chaotisch und kümmert sich nicht besonders um die Fakten in meinem Leben. Darum kümmert sich der

Archivar. Ich hatte in meinem Leben stets einen verlässlich arbeitenden Mythologen im Kopf und einen sehr schlampigen Archivar. Ich kann bis heute nicht mit Sicherheit sagen, von wann bis wann ich in Tokio, Paris, Rom und Berlin gelebt habe. Die Unterlagen, um das verlässlich herauszufinden, habe ich während der vielen Umzüge teils verloren, teils sind Beweise dafür in vielen verschiedenen Mappen verstreut. Nicht nur mein Archivar ist schlampig. Ich selbst bin es auch. Meistens ist es mir auch ganz egal, was wann stattgefunden hat, solange mein Mythologe mich mit seinen Geschichten auf dem Laufenden hält. Genau das tut er nicht, was meine mündliche Reifeprüfung anbelangt. Nicht der winzigste Ansatz von Identität lässt mich mit ihr in Verbindung bringen. Als hätte sie gar nicht stattgefunden oder als wäre diejenige, die laut Zeugnis die Reifeprüfung bestanden hat, eine andere gewesen. Ich war das nicht! Der Archivar muss einspringen.

Ich hatte, lässt sich der Archivar herab, mir zögernd mitzuteilen, bei der schriftlichen Prüfung ein Nichtgenügend geschrieben, hatte aber Mathematik zur Sicherheit ohnehin als mündlichen Prüfungsgegenstand gewählt. Was ich außerdem noch gewählt hatte, weiß er nicht mehr. Frag doch deinen Mythologen, sagt er patzig. Nach zwei Tagen erfolglosen Kramens in meinem mythologischen Gedächtnis rückt er schließlich doch mit der Tatsache heraus, dass ich zur mündlichen Reifeprüfung in Mathematik einen Beweis ausführen sollte, den mir die Mathematikprofessorin vorher besonders an Herz gelegt hatte. Den habe ich angeblich auswendig gelernt und ihn genauso, wie ich ihn auswendig gelernt hatte, aufgeschrieben. Er fügt hinzu, dass ich drei Tafeln vollgeschrieben hätte. Die Kommissionsmitglieder seien während der Prüfung, sagt er, nicht schlecht erstaunt gewesen, in welcher Affengeschwindigkeit ich, kreidebleich im Gesicht, den endlosen Beweis fehlerfrei auf die Tafel geschrieben hätte. Nach der Beweisführung sei ich aufs Klo gegangen und habe gekotzt. Dort, behauptet der Archivar in meinem Gedächtnis, habe mich die Deutschprofessorin aufgesucht, um mir Mut zuzusprechen. Wieso, wisse er auch nicht. Sie habe mich jedenfalls geduzt. Das ist alles, was ich meinem Gedächtnis entlocken kann. Die Maturafeier, der Sommer nach der Matura, alles aus dem Gedächtnis gestrichen. Es setzt erst vier Monate später wieder ein, als ich an einem strahlenden Herbsttag im voll beladenen Auto neben meinem Vater nach Salzburg fuhr, um mich dort an der Paris-Lodron-Universität zu inskribieren.

Mein Studienbeginn war ein Desaster. Schon bei der Immatrikulation gab es Schwierigkeiten. Ich war auf Grund irgendwelcher dubioser Quellen der Meinung gewesen, Hans Magnus Enzensberger habe Literatur- und Theaterwissenschaft studiert. Das wollte ich auch und sagte es der freundlichen Dame an der Immatrikulations- und Inskriptionsstelle. Mein Vater wartete draußen vor der Tür. Die freundliche Dame an der Immatrikulations- und Inskriptionsstelle teilte mir mit, dass Literatur- und Theaterwissenschaft an der Universität Salzburg nicht gelehrt würde. Ich war vor Schreck wie gelähmt. Die entsetzliche Vorstellung, ich würde mit meinem Vater zurück nach Linz fahren und dort womöglich Wirtschaftswissenschaften studieren müssen (viele andere Möglichkeiten gab es damals an der erst 1966 gegründeten Universität meines Wissens nicht), tauchte vor meinem inneren Auge auf. Die freundliche Dame an der Immatrikulationsstelle in Salzburg muss mir den Schock angesehen haben. »Studieren Sie doch Germanistik und Kunstgeschichte«, sagte sie, »das ist so ähnlich.« Ich hätte sie umarmen können. Wahrscheinlich merkte sie auch an meiner Begeisterung für ihren Vorschlag meine völlige Ahnungslosigkeit. »Sie müssen sich jetzt noch inskribieren«, sagte sie mit sehr sanfter Stimme. »Kaufen Sie ein Vorlesungsverzeichnis in der nächsten Buchhandlung.« Als ich aus dem Gebäude am Residenzplatz trat, wo mein Vater auf mich wartete und ganz versunken in die Betrachtung der Tauben schien, die dort von Touristen gefüttert wurden, schwenkte ich meinen Immatrikulationsbescheid in der Hand. Mein Vater sah mich zunächst ganz erstaunt an, als hätte er damit gerechnet, dass die Universität Salzburg mich als Studierende ablehnen würde, dann lachte er und lud mich in dem nahegelegenen *Café Glockenspiel* am Mozartplatz auf einen Kaffee ein. Auf dem Weg vom Residenzplatz zum Café kaufte ich ein Vorlesungsverzeichnis. Im *Glockenspiel* saßen Touristen aus aller Welt. Wir erwischten gerade noch einen

Tisch im Freien. Als kurz nach elf Uhr vormittags das Glockenspiel »Es klinget so herrlich« aus der *Zauberflöte* ertönte, hatte mein Vater Tränen in den Augen. Das Vorlesungsverzeichnis war der nächste Schock für mich. Es gab unter der Rubrik »Germanistik« unzählige Vorlesungen, außerdem sogenannte Proseminare und Seminare. Es war total verwirrend. Ich kannte weder die Namen der Professoren noch die der Dozenten noch die der Assistenten. Es gab sogar Tutoren, die ein sogenanntes »Tutorial« abhielten. Mein Vater vermutete, dass ein Tutorial eine Einführung für Studienanfänger sei. »Kommt aus dem Englischen«, sagte er, und bedeutet »Gebrauchsanleitung«. Es war mir sehr peinlich, dass mein Vater sich in Studienangelegenheiten besser auszukennen schien als ich. Wir beschlossen, erst einmal das Germanistikinstitut aufzusuchen. »Es muss dort eine Beratung für Studienanfänger geben«, sagte er. Auf dem Weg zum Germanistikinstitut an der Akademiestraße in Nonntal erzählte er mir noch einmal die alte Geschichte, wie er vor Urzeiten in der damaligen Tschechoslowakei versucht habe, zu studieren. Er sei zu der Zeit bereits ganztags bei einer Versicherung angestellt gewesen und habe aus finanziellen Gründen nicht so wie ich einfach studieren können. Also habe er Kommilitonen dafür bezahlt, dass sie in Vorlesungen mitschrieben. Aber nachdem er sich extra einen Tag freigenommen und von Prachatitz nach Prag gereist sei, um die erste Prüfung zu absolvieren, habe er feststellen müssen, dass die Professoren keinen Wert auf Studenten legten, die arbeiten mussten, um ihr Studium zu finanzieren. Sie hätten ihn über Details in den Vorlesungen geprüft, die nur derjenige habe wissen können, der auch tatsächlich ständig anwesend gewesen sei.

Obwohl ich die Geschichte längst kannte, gab sie mir einen Stich in der Brust. Mein Vater hatte vor fünfzig Jahren ganz alleine an der Prager Universität inskribiert und hatte aufgrund eines veralteten, patriarchalischen Studienbetriebs nicht studieren können, und ich hatte es trotz bester Bedingungen nicht einmal geschafft, wie Hans Magnus Enzensberger Literaturwissenschaft und Theaterwissenschaft zu belegen. Statt ein neues, selbstbestimmtes Leben zu beginnen, fühlte ich mich wie ein Kleinkind aus der Provinz. Damit hatte mein Vater das Ruder übernommen. Als wir im germanistischen Institut eintrafen und auf dem Gebäudeplan keine Studienberatung fanden, sprach er einfach einen älteren, großgewachsenen Studenten an, der gerade mit energischen Schritten das Foyer durchquerte. »Meine Tochter weiß nicht, was sie belegen soll«, sagte er zu dem älteren Studenten mit Bart und Blue Jeans, »könnten Sie sie beraten?« Ich wäre am liebsten im Boden versunken vor Scham. Ich bin heute noch davon überzeugt, dass es sich damals um Joe Aigner handelte. Ich weiß zwar nicht, was er am germanistischen Institut machte, aber ich weiß noch genau, dass ich zwei Jahre später, als ich längst von Kunstgeschichte auf Psychologie als Nebenfach umgestiegen war, den auf der ganzen Uni bekannten Psychologiestudenten und Studienvertreter Joe Aigner bei einer Institutsversammlung traf und ganz bestimmt blutrot im Gesicht wurde, als er mich fragte, wie es mir mit der Germanistik so ergehe. Damals, als ich das erste Mal das germanistische Institut betreten hatte, sah er kurz von meinem Vater zu mir und wieder zu meinem Vater, lächelte, nahm mir das Vorlesungsverzeichnis aus der Hand und winkte mich zu einer Sitzgruppe im Foyer. »Germanistik?«, fragte er, und ich nickte. Er blätterte in dem Vorlesungsverzeichnis und kringelte mit einem Kugelschreiber, den er in der Brusttasche seines khakifarbenen Hemds trug, das Tutorial, einige Proseminare und Vorlesungen ein. Dann gab er mir das Vorlesungsverzeichnis zurück. In Kunstgeschichte kenne er sich nicht aus, sagte er, als ich fragte, ob er mir auch da Tipps geben könne. Er stand auf. »Viel Spaß«, sagte er lächelnd und verabschiedete sich von uns. Meinem Vater gab er zum Abschied die Hand. Der Mann kann nur Psychologe gewesen sein. Mein Vater war hinterher total erleichtert. Ich stand unter Schock. Wir fuhren zum Residenzplatz zurück, und ich inskribierte dort alles, was Joe Aigner eingekringelt hatte. In Kunstgeschichte, wo es nicht sehr viel Auswahl an Vorlesungen und Seminaren gab, inskribierte ich die Vorlesung »Verlust der Mitte« und ein Proseminar, bei dem dabeistand, dass es sich um ein Einführungsseminar handelte. Anschließend fuhren mein Vater und ich nach Taxham, wo ein pensionierter Lehrer Zimmer an Schüler und Studenten vermietete. Die

Adresse hatten meine Eltern vom Vöestpfarrer erhalten, der uns schon angekündigt hatte. Wir schafften meine Habseligkeiten vom Auto meines Vaters in das gemietete Zimmer. Dann fuhr mein Vater zurück nach Linz. Ich weiß noch, dass ich unten auf der Straße stand und dem Auto nachschaute, bis die Rücklichter verschwanden, so wie nach seinem Tod zwanzig Jahre später, als der Sarg von der Aufbahrungshalle mit einem Auto zum Krematorium gefahren wurde.

Margit Schreiner
Vater. Mutter. Kind. Kriegserklärungen
Über das Private
224 Seiten. Gebunden.
ISBN 978-3-89561-283-1

»Ich glaube, das siebte Lebensjahr des Menschen wird gnadenlos unterschätzt. Alle starren immer nur auf die Pubertät, aber die Pubertät beginnt im Grunde viel früher. Es muss sich erst einmal vieles ansammeln, bis es dann explosionsartig austritt.«
So furios beginnt das neue Buch von Margit Schreiner, in dem es nicht nur um die Entwicklung der Siebenjährigen geht, sondern auch um den Blick der Erwachsenen auf das Kind, das sie einmal war.
»Was habe ich eigentlich, sechsundsechzigjährig, in einem Haus am Rande eines Naturschutzgebiets sitzend und schreibend, mit einer Siebenjährigen zu tun? Erfinde ich diese Siebenjährige, indem ich über sie schreibe, oder hat es sie wirklich gegeben, und wenn ja, war sie vielleicht ganz anders, als ich sie beschreibe? Ist auch nur irgendetwas daran real oder sind es Chimären am Horizont eines glasklaren Föhntages? Wenn ich mich vor den Spiegel stelle, kann ich keine Spuren dieser Siebenjährigen in meinem Gesicht entdecken. Alles nur in meinem Kopf, seinem Universum und den Paralleluniversen.«

Margit Schreiner schreibt mit *Vater. Mutter. Kind. Kriegserklärungen* ein großes Lebensprojekt, ein Buch der Kindheit, des Erinnerns und ein Buch des Erwachsenwerdens, wie es in der deutschsprachigen Literatur bislang keines gibt.

Schöffling & Co.

»Eine wichtige Stimme der österreichischen Gegenwartsliteratur. Mit schwarzem Humor und Aufmüpfigkeit setzt Margit Schreiner sich über Tabus hinweg.«
3Sat Kulturzeit

»Eine Meisterin des literarischen Changierens zwischen dem Profanen und dem Existenziellen, der Selbstironie und dem bösen Blick.«
Wend Kässens, *Wiener Zeitung*

»Margit Schreiner glänzt mit einem schrägen Humor, der keine Tabus kennt, und mit einer Beobachtungsgabe, die Nebensächlichkeiten lebensphilosophische Erkenntnisse abzuringen vermag.«
Andreas Wirthensohn, *WDR3 Mosaik*

»Margit Schreiner ist aus der österreichischen Gegenwartsliteratur nicht wegzudenken.«
Katja Gasser, *ORF*

»Schreiner verfügt über den schwärzesten Humor seit den Schimpftiraden ihres Landsmanns Thomas Bernhard.«
Melanie Weidemüller, *Deutschlandfunk*

Schöffling & Co.